AtV

Die schöne Alice Nestleton ist eine recht verkrachte Existenz. Als Schauspielerin ist sie ziemlich auf den Hund gekommen und muß sich als bezahlter Catsitter durchschlagen. Über die Weihnachtstage fährt sie nach Maine, ein einträglicher Job, wie sie meint. Doch statt Katzen zu hüten, ist sie plötzlich in einen Mordfall verwickelt, denn der liebenswürdige Hausherr hängt tot in seiner Wohnzimmertür.
Alice möchte sich schnellstens wieder an den heimischen Herd verziehen, als sich die Ereignisse überschlagen: Ein zweiter, ebenso rätselhafter Mord geschieht, eine ordinäre Stallkatze verschwindet, und ein geheimnisvolles Mädchen hält sich irgendwo auf einer Rennbahn versteckt. Alice hat keine Chance: Sie muß ihre Krallen ausfahren und sich auf die Jagd nach dem Mörder machen.

Hinter dem Pseudonym Lydia Adamson verbirgt sich eine bekannte Kriminalschriftstellerin, die – natürlich mit vielen Katzen – in New York lebt. Von ihrer erfolgreichen Katzenserie liegen in den USA mittlerweile acht Bände vor. Im Aufbau Taschenbuch Verlag wird im September 1995 ihr zweiter Roman folgen: »Eine Katze macht Theater«.

Lydia Adamson

Eine Katze kommt selten allein

Kriminalroman

Aus dem Amerikanischen
von Wolfgang Neuhaus

Aufbau Taschenbuch Verlag

Titel der Originalausgabe
A CAT IN THE MANGER

ISBN 3-7466-1055-9

1. Auflage 1995

Umschlaggestaltung Torsten Lemme
unter Verwendung einer Illustration von Rainer Fischer
Satz LVD GmbH, Berlin
Druck Elsnerdruck GmbH, Berlin
Printed in Germany

1

Es war am Tag vor Weihnachten, einen Tag nach meinem einundvierzigsten Geburtstag. Ich saß auf dem Fußboden meiner Wohnung, in Jeans, einem weißen Seemannspullover und pelzgefütterten Hausschuhen.

Ich hatte gerade mit meiner alljährlichen Grübelei über die Wahrscheinlichkeit des Friedens auf Erden, der Liebe unter den Menschen und all den anderen weihnachtlichen Illusionen angefangen, als das Telefon fröhlich klingelte. Schwungvoll nahm ich den Hörer ab. Eine tiefe Stimme gab sich als Mr. Harmon vom Verein zur Verhinderung von Grausamkeiten an Mensch und Tier zu erkennen.

»Spreche ich mit Alice Nestleton?« fragte Mr. Harmon.

»Am Apparat«, erwiderte ich verdutzt.

»Man hat soeben Ihre Katze aufgegriffen. Sie hat in einem Hundesalon einen Ladendiebstahl begangen«, sagte Mr. Harmon mit schroffer Stimme. »Nun? Was wollen Sie, als die Besitzerin des Tieres, in dieser Sache unternehmen?«

Bevor ich auf diese sehr seltsame Anschuldigung etwas erwidern konnte, veränderte sich die Stimme, und ich erkannte, daß Harry Starobin am Apparat war. Der alte Harry hatte wieder mal einen seiner Scherze gemacht.

»Keine Angst, Alice«, sagte er. »Deine Katzen wüßten nicht mal, wie man einen Ladendiebstahl begeht, würde man sie in einem Fischgeschäft aussetzen. Bist du schon reisefertig? Wir erwarten dich.«

»Ich bin soweit fertig, Harry«, erwiderte ich; dann hörte ich zu, als er mir erklärte, wo ich er mich abholen wollte, wie jedesmal. Dann legte er ohne ein weiteres Wort auf, wie jedesmal. Ich ließ den Hörer in die Gabel fallen und fühlte mich eigenartig, wie jedesmal nach einem von Harrys seltenen Anrufen. Ich kam mir wie ein Kind vor, das irgend etwas angestellt hat. Warum fühlte ich mich so? Verärgert über mich selbst, machte ich, daß ich in die Gänge kam. Schließlich stand Weihnachten vor der Tür.

Bushy, mein Maine-Coon-Kater, schlief auf der gehäkelten Wolldecke, die über dem kastanienbraunen Samtsofa ausgebreitet war.

»Mach die Augen auf, Bushy«, sagte ich. »Hier ist dein Weihnachtsgeschenk.«

Ein Augenlid hob sich, schloß sich wieder. Eine Pfote zuckte. Bushy war offensichtlich nicht interessiert.

Ich machte die Schachtel auf und ließ Bushys Geschenk neben ihn auf das Sofa fallen. »Fröhliche Weihnachten, Bushy«, sagte ich und kraulte zärtlich eins seiner wunderschönen Ohren, um seine Aufmerksamkeit zu erregen. Bushy schlug die Augen auf, zuckte mit den Ohren und starrte auf den Basketball. »Das ist kein x-beliebiger Basketball, du dummer Kater. Das ist ein ganz besonderer Ball. Guck dir mal an, wie schön er ist.«

Ich hatte das häßliche Ding bei Schwartz entdeckt, dem größten Spielwarenladen New Yorks. In den

Gummiball waren farbige, scheußliche Muster geprägt. In dem Augenblick, als ich den Ball gesehen hatte, wußte ich, daß er Bushy gefallen würde. Der Ball war eine psychedelische Kugel. Ein Ball aus dem Weltraum. Aus einer anderen Dimension. Er würde perfekt zu Bushys spleenigem Charakter passen. Ich konnte mir richtig vorstellen, wie er den Ball durchs Zimmer pfefferte.

Als Bushy sich nicht rührte, rollte ich den Ball übers Sofa, bis er vor Bushys Nase lag. Er beschnupperte ihn, gähnte und drehte sich auf den Rücken, so daß seine Beine wie die eines toten Vogels in die Höhe gestreckt waren. Dann schlief er weiter.

Soviel zu dem Geschenk. Na ja, ich hatte ja noch Pancho.

Ich brachte Panchos Geschenk in die Küche. Es war eine kleine Plastikschüssel mit Saffranreis. Aus unerfindlichen Gründen hatte Pancho eine Leidenschaft für indische Speisen entwickelt. Allerdings war auch Pancho eine sehr seltsame Katze.

Ich hatte ihn drei Jahre zuvor beim Verein gegen den Mißbrauch der Tiere adoptiert, als er ungefähr sechs Monate alt gewesen war. Panchos Fell war vollkommen grau. Seine Augen waren gelb. Seine Barthaare waren rostfarben. Ihm fehlte ein Stück vom Schwanz, und an der rechten Weiche hatte er eine große, häßliche Narbe.

Pancho schien nur ein Lebensziel zu haben: seinen Feinden zu entkommen. Von diesem Gedanken erfüllt, verbrachte er seine Tage und Nächte damit, durch meine Wohnung zu flitzen. Er liebte Schränke und Bücherregale und Fenstersimse. Je höher, je besser.

Ich nahm den Deckel von der Plastikschüssel und

stellte sie ins Spülbecken. »Fröhliche Weihnachten, Pancho«, rief ich.

Für einen Augenblick hörte ich nichts; dann ein Zischen und eine Sekunde später sah ich einen grauen Schemen, der von Schrankdach zu Schrankdach huschte. Und *zack* – schon hockte Pancho im Spülbecken, das Maul im Reis vergraben.

Ich machte mich daran, das kleine gegrillte Hähnchen auszupacken, das ich zum Abendessen gekauft hatte. Um sechs Uhr erwartete ich Carla Fried. Ein schöneres Weihnachtsgeschenk als Carlas Besuch hätte ich gar nicht bekommen können. Sie war eine alte, liebe Freundin, die ich seit Jahren nicht gesehen hatte. Auf dem College waren wir in einem Zimmer untergebracht gewesen. Wir hatten gemeinsam Schauspiel studiert. Dann waren wir nach New York gezogen und hatten bis zu meiner Heirat zusammengewohnt; nach meiner Scheidung dann noch einmal, allerdings nur für kurze Zeit.

Ich freute mich riesig auf Carlas Besuch; ich konnte es gar nicht abwarten, mit ihr über das Theater zu reden. Wie sehr hatte ich mich nach Gesprächen über Schauspielerei gesehnt, seit ich einsamer und einsamer geworden war! Warum ich einsam war? Na ja, ich hatte den Ruf, ›schwierig‹ und ›schrullig‹ und ein ›bißchen verrückt‹ zu sein.

Der Grund dafür war die schlichte Tatsache, daß mich das herkömmliche amerikanische Theaterleben nicht mehr interessierte. Ich sehnte mich nach etwas Neuem; irgend etwas im Grenzbereich. Ich war auf der Suche nach einem Avantgarde-Theater, das noch gar nicht existierte – und weil das so war, hatten sich viele alte Freunde von mir entfremdet. Meine Leidenschaft für das Außergewöhnliche hatte dazu geführt, daß ich bei einer Reihe eigenwilliger Inszenierungen exzentrischer Theaterregisseure kurze Gastspiele gab. Ein Gutes hatte die Sache allerdings: Da Akademiker sich stets durch die Avantgarde angezogen fühlen, bekam ich hin und wieder die Gelegenheit, als Dozentin an theaterwissenschaftlichen Fakultäten zu lehren.

Ob es an meiner Vorliebe für die Avantgarde gelegen hatte, daß mir als Schauspielerin der Durchbruch versagt geblieben war? Wer weiß. Mein Exgatte pflegte zu sagen, daß ich den Sprung nach oben sowieso nie geschafft hätte, da ich auf ›seltsame Weise zu schön‹ sei; die Verkörperung der sexuellen Phantasien eines jeden Mannes, eine Figur von Virginia Woolf, die sich in einem durchsichtigen Laura-Ashley-Kleid durch eine düstere, wilde Moorlandschaft bewegt. Ich war hochgewachsen, mit goldblondem Haar, bemitleidenswert dünn und stets verfügbar: zur einen Hälfte Vamp, zur anderen Hälfte Kindfrau. Jedenfalls hatte mein Exmann sich so ausgedrückt.

Ich legte das gegrillte Hähnchen auf einen Pappteller und hüllte es in Zellophanpapier ein. Anschließend machte ich Tomatensalat mit Zwiebeln und deckte den Tisch.

Dann wurde es Zeit, meine Siebensachen zu packen.

Die Katzen und ich fuhren morgen früh nach Old Brookville, Long Island. Dort sollte ich, wie jedes Jahr, drei Tage als Catsitter arbeiten. Mit anderen Worten: die Katzen von Harry und Jo Starobin füttern, auf sie aufpassen und so weiter und so fort.

Nun gibt es solche und solche Catsitter-Jobs. Die meisten beschränken sich auf tägliche kurze Besuche bei Katzen, die in Wohnungen leben, deren Besitzer auf Geschäftsreise oder in Urlaub sind. Ich hole die Post aus dem Briefkasten. Ich mache die Tür auf. Ich füttere die Katze. Ich gebe den Blumen Wasser. Ich rede mit der Katze. Und dann gehe ich wieder.

Mein alljährlicher Catsitter-Job bei den Starobins war etwas ganz anderes. Auf Harrys alter Farm schlief ich mit meinen eigenen Katzen in einem kleinen Cottage, brachte allerdings die meiste Zeit damit zu, die acht Himalayan-Katzen der Starobins zu versorgen, die im Haupthaus der Farm lebten. Jahr für Jahr verbrachten die Starobins das Weihnachtsfest in Virginia; sobald ich bei ihnen war, fuhren sie los. Es war ein lukrativer Job; er machte Spaß und verschaffte mir die Gelegenheit, mal aus Manhattan rauszukommen. Außerdem mochte ich die Starobins. Als ich sie kennengelernt hatte, waren sie mir auf Anhieb sympathisch gewesen – ich hatte sie unter sehr schmerzlichen Umständen kennengelernt.

Einer meiner Freunde – er lehrte als Dramatiker an der New Yorker Uni – hatte Selbstmord begangen. Jedenfalls behauptete das die Polizei. Ich glaubte nicht daran, denn ich hatte ungefähr zehn Tage vor seinem Tod mit ihm gesprochen, und er hatte überhaupt keinen deprimierten Eindruck auf mich gemacht. Jedenfalls fuhr ich sofort nach Stony Brook und erbot mich, das Büro und die Wohnung meines verstorbenen Freundes sauberzumachen, da er keine lebenden Verwandten hatte. Und dabei entdeckte ich, daß es kein Selbstmord gewesen war. Er hatte einen männlichen Studenten verführt. Der junge Bursche hatte meinen Freund ermordet und dessen Selbstmord vorgetäuscht. Als ich mehrere Briefe des Studenten fand, die er an meinen Freund geschrieben hatte, zeigte ich sie der Polizei, woraufhin der Student vernommen wurde. Er gestand zwar den Mord, behauptete jedoch, das Opfer einer homosexuellen Vergewaltigung gewesen zu sein. Als es zur Verhandlung kam, glaubten die Geschworenen dem Studenten. Sie verurteilten ihn wegen Totschlags im Affekt zu läppischen achtzehn Monaten Gefängnis.

Mein ermordeter Freund hatte zwei niedliche Katzen hinterlassen. Von einem Professor am Institut für Theaterwissenschaften erfuhr ich, daß ein Ehepaar mit Namen Starobin ganz gewiß ein neues Heim für die Katzen finden würde – wenn es jemanden gab, der das rasch und problemlos erledigen könne, dann die Starobins. Der Professor hatte recht. Harry und Jo Starobin fanden ein neues Zuhause für die Katzen. Und als sie erfuhren, daß ich eine Schauspielerin war, die ihren Lebensunterhalt hauptsächlich durch Catsitten verdiente, gaben sie mir den Job.

Ich nahm zwei Vuitton-Reisetaschen – Geschenke eines alten Bewunderers – aus dem Schrank, brachte sie ins Schlafzimmer, stellte sie aufs Bett und fing an zu packen: zuerst kamen die Handtücher, dann Schuhe, dann Toilettenartikel, dann Katzenfutter, dann meine Kleidung, dann ein paar Glenn-Gould-Musikkassetten, dann eine neue Biographie über Eleanora Duse. Dann machte ich Pause. Ich hatte noch mehr zu packen, aber ich war müde. Ich ging durch den langen Flur ins Wohnzimmer, legte mich neben Bushy und dessen psychedelische Kugel aufs Sofa und schlief ein.

Ein paar Minuten nach sechs Uhr abends weckte mich die Türklingel. Ich sprang auf, rannte los, um den Knopf des Türöffners zu drücken, und trat dabei unabsichtlich gegen Bushys neues Spielzeug, das quer durchs Zimmer flog, bis es klirrend gegen eine Lampe prallte. Ich war von meinem Nickerchen noch so benommen, daß ich mich für einen Augenblick fragte, wie so ein häßlicher Basketball in meine Wohnung gekommen war; dann stellte ich mir verwundert die Frage, warum ich nirgends einen Christbaum entdekken konnte, bis mir einfiel, daß ich ja keinen Weihnachtsbaum mehr kaufte, weil die Katzen die Nadeln fraßen. Ich hatte offenbar sehr tief geschlafen.

Ich öffnete die Tür, trat auf den Flur und ging zum Treppenhaus, um nachzuschauen, ob es sich bei meinem Besucher tatsächlich um Carla handelte. Falls es jemand anders sein sollte – in meiner Nachbarschaft war alles möglich –, würde ich mich schleunigst in die Sicherheit meiner Wohnung zurückziehen.

Ich lehnte mich über das Geländer und sah auf dem Treppenabsatz im zweiten Stock eine Frau. »Bist du das, Carla?«

»Nein«, rief sie zu mir hoch. »Der Nikolaus.«

Ich beobachtete, wie sie die letzten beiden Treppen hinaufstieg. Ja, es war Carla, aber sie sah anders aus als früher.

Ich hatte Carla Fried als extravagante junge Frau in Erinnerung. Ihre Kleidung, ihr Auftreten und ihre Ansichten waren immer ziemlich extravagant gewesen. Aber die Frau, die jetzt auf mich zukam, trug einen nüchternen Geschäftsanzug mit allem Drum und Dran, sogar mit Krawatte. Über einem Arm lag ein teurer Mantel aus Kalbsleder. Ich wußte natürlich, daß Carla inzwischen Leiterin einer gefeierten Theatertruppe in Montreal war; aber das war denn doch ein bißchen viel des Guten.

Doch meine kritische Distanz schwand dahin, als Carla schwungvoll die letzten Stufen nahm. Wir umarmten uns wie Teenager und lachten und schluchzten zugleich.

Dann zog ich Carla in meine Wohnung, nahm Bushy auf den Arm und drückte Carla das langhaarige, rotweiße Bündel an die Brust. Carla kuschelte Bushy an sich. Er blickte total perplex drein.

»Und das ist Pancho«, sagte ich und zeigte auf meinen zweiten Liebling. Er saß in Angriffshaltung auf dem Tisch, in gefährlicher Nähe zum gegrillten Hähnchen.

»Es ist so lange her, seit wir uns das letzte Mal gesehen haben«, sagte Carla und setzte sich aufs Sofa. Sie war ein bißchen pummelig geworden und hatte ihr langes schwarzes Haar zu einem altjüngferlichen Knoten gebunden. Außer Lidschatten trug sie kein Make-up.

»Trinkst du immer noch Heineken-Bier?« fragte ich.

»Immer.«

Ich ging in die Küche und kam mit einer Flasche zurück, ohne Glas, denn ich konnte mich erinnern, daß Carla ihr Bier immer schon lieber aus der Flasche getrunken hatte.

In dem Augenblick, als ich neben ihr saß, fingen wir auch schon an, über alte Freunde zu plappern, über alte Geschichten und ehemalige Liebhaber; über Männer, Theater, Wohnungen, Essen, das Wetter, die Politik; über Montreal und New York; über Gott und die Welt.

Unser Geschnatter endete so plötzlich, wie es angefangen hatte. Carla lehnte sich zurück und nuckelte an der Flasche. Ihr Gesicht war immer noch wunderschön, doch ich konnte die ersten grauen Haare in ihrer Knotenfrisur entdecken.

»Wo hast du dich einquartiert, Carla?« fragte ich.

»Im Gramercy-Park-Hotel.«

»Oh, vom Feinsten«, bemerkte ich und fügte hinzu: »Du kannst gern ein paar Tage bei mir wohnen. Ich reise morgen früh ab.«

»Warum?«

»Ein Catsitter-Job auf Long Island.«

»Ach ja, ich habe davon gehört.«

»Du hast davon gehört?«

»Na ja, als ich letztes Jahr in Chicago gewesen bin, hat Jane mir erzählt, daß du Catsitterin geworden bist, weil deine Vorlieben, was das Theater angeht, ein bißchen ins Verrückte abgeglitten sind.«

Ich lachte. »Katzen und Verrückte habe ich schon immer gemocht, Carla.«

»Es fällt mir wirklich schwer, mir vorzustellen, daß du in einem bemalten Trikot über die Bühne hüpfst, während neben dir eine nackte Frau Cello spielt und ein halb Bekloppter dem Publikum wüste Beschimpfungen an den Kopf wirft.«

»Die Zeiten ändern sich, wie auch der Geschmack«, stellte ich fest und zeigte auf ihr neues Outfit. Sie spielte die Beleidigte; dann warf sie ein Kissen nach mir.

»Ich habe noch was gehört, Alice. Daß du dich neuerdings mit Verbrechen beschäftigst.«

»Meinst du Ladendiebstahl?«

»Ich meine Tyler.«

Tyler war mein schwuler Freund aus Stony Brook, der von dem Studenten ermordet worden war.

»Das war eine sehr seltsame Geschichte, Carla. Die

Polizei rief mich an und sagte mir, Tyler hätte Selbstmord begangen – sich die Pulsadern aufgeschnitten. Aber nur zehn Tage vor seinem angeblichen Selbstmord hatte ich mit ihm gesprochen, und da ging es ihm wirklich gut. Außerdem wußte ich, daß Tyler sich nie und nimmer die Pulsadern aufgeschnitten hätte. Er konnte auf den Tod kein Blut sehen – entschuldige den dummen Ausspruch. Jedenfalls bin ich nach dem Anruf der Polizei zu Tylers Wohnung gefahren, um dort sauberzumachen. Da habe ich dann Briefe gefunden, die der Student an Tyler geschrieben hatte – sehr eindeutige Briefe. Ich habe zwei und zwei zusammengezählt und bin zur Polizei gegangen. Und dann stellte sich heraus, daß Tyler und der junge Mann Liebhaber gewesen waren und daß Tyler den Preis dafür bezahlt hatte, daß es zwischen den beiden nicht mehr klappte.«

»Das ist aber eine komische Ausdrucksweise, Alice.«

»Welche Ausdrucksweise?«

»Daß es ›zwischen den beiden nicht mehr klappte‹.«

»Na ja, jedenfalls hat der Student ihn ermordet.«

»Wieso hat die Polizei es für Selbstmord gehalten?«

»Weil Tylers Handgelenke mit einer Rasierklinge aufgeschlitzt waren. Der Student hatte Tyler zuerst in der Badewanne ertränkt und ihm anschließend sofort die Pulsadern geöffnet. Gräßlich, aber einfallsreich. Die Polizei hielt die Sache für einen ganz normalen Selbstmord mit dem üblichen Verlauf: der Betreffende schneidet sich die Pulsadern auf; dann tritt der Blutverlust ein, dann die Bewußtlosigkeit und dann der Tod durch Ertrinken.«

»Igitt.«

»Genau.«

»Tyler war ein wunderbarer Mann«, sagte Carla. »Kannst du dich noch an den Essay erinnern, den er über Pinters *Geburtstagsparty* geschrieben hat?«

»Über *Die Heimkehr*«, verbesserte ich sie.

»Na ja, jedenfalls solltest du mich mal in Montreal besuchen, wenn du etwas für scheußliche Morde übrig hast. Metzeleien gehören zu den Besonderheiten in zweisprachigen Gesellschaften.«

»Carla! Ich habe nichts für scheußliche Morde *übrig.*«

»Bist du schon mal bei uns im Norden gewesen?«

»Nein.«

»Es ist wirklich sehr schön dort.«

»Du meinst, für dich ist es schön dort, nicht wahr?«

Carla nickte und sagte lachend: »In letzter Zeit sogar noch schöner. Hast du schon mal von Thomas Waring gehört?«

»Nein.«

»Waring ist ein spleeniger kanadischer Millionär. Er hat nicht alle Tassen im Schrank. Der Kerl glaubt, er könnte sich Kultur kaufen – einfach *alles* kaufen. Deshalb hat er mir anderthalb Millionen gegeben.«

»Dir ... gegeben?«

»Genau. Mir gegeben. Schlicht und einfach gegeben. Er hat mir eine Million fünfhunderttausend Dollar gegeben, für die ich im nächsten Jahr drei Theaterstücke herausbringen soll. Macht eine halbe Million pro Stück. Kannst du dir vorstellen, was das für uns bedeutet? Die letzten drei Jahre mußte ich meine Inszenierungen für 'nen Apfel und ein Ei machen.«

»Was möchtest du denn aufführen?«

»Zuerst *Romeo und Julia* – im nächsten Herbst. Und

rate mal, wen wir uns als Regisseur an Land gezogen haben.«

»Grotkowski«, sagte ich im Scherz.

Carla lachte und klatschte in die Hände; sie erinnerte sich offenbar an die hitzigen Streitgespräche, die wir über diesen polnischen Regisseur geführt hatten, als dieser seine Theorien in Amerika verbreitete.

»Nein«, sagte Carla, »Grotkowski nicht. Aber du bist nahe dran. Versuch es noch mal.«

»Ich geb's auf.«

»Portobello«, sagte sie.

»Giovanni Portobello?«

»Genau der.«

»Das ist ja phantastisch«, sagte ich. Am Hunter College hatte ich Vorlesungen von Portobello besucht. Er war ein winziger, mißgebildeter Mann, der so leise redete, daß man ihn kaum hören konnte. Aber seine Ideen waren aufregend. Beispielsweise vertrat er die Meinung, daß Shakespeare so volkstümlich sei, so tief im Bewußtsein der Öffentlichkeit verankert, daß seine Stücke gar keine Theaterstücke mehr wären, sondern so etwas wie Gassenhauer. Nach Portobellos Ansicht mußte Shakespeare dem Publikum auf eine Weise nahegebracht werden, daß eine vollkommene Authentizität von Kostümen und Sprache gewahrt blieb; andererseits veränderte er eine oder mehrere Hauptfiguren radikal – ja, Portobello deformierte sie in gewisser Weise –, so daß dem Publikum bei seinen ansonsten durch und durch herkömmlichen Inszenierungen eine Art intellektueller Stromschlag versetzt wurde. Zwei von König Lears Töchtern, zum Beispiel, hatte Portobello wie Berliner Nutten aus den zwanziger Jahren kostümiert, während alles andere streng elisabethanisch blieb. Und das war für Portobello erst der Anfang; in seinen Theorien ging er noch sehr viel weiter.

»Freut mich, daß es dir gefällt, Alice«, sagte Carla.

»Tja, aber dir kann es ja egal sein, ob mir gefällt, was du tust«, erwiderte ich.

»Das stimmt. Bis jetzt. Denn ich möchte dich gern als Schauspielerin engagieren.«

Die Kehle war mir wie zugeschnürt. Zuerst konnte ich gar nichts erwidern. Mit so etwas hätte ich nie im Leben gerechnet. Ich fühlte mich ganz seltsam, als würde ein fetter Käfer meinen Arm hinaufkrabbeln. »Hast du schon Hunger?« fragte ich schließlich.

Sie hielt die Flasche in die Höhe, um mir zu verstehen zu geben, daß sie lieber erst ihr Bier austrinken wollte.

Ich stand auf und trat ans Fenster auf der anderen Seite des Zimmers. Die Straße tief unten war vereist. Erst jetzt wurde mir so richtig klar, wie phantastisch Carlas Angebot war. Mir traten die Tränen in die Augen. Als ich ein junges Mädchen auf einer Milchfarm in Minnesota gewesen war und vom Theater geträumt hatte, waren alle meine Sehnsüchte auf ein einziges Ziel gerichtet: Julia. Die Rolle aller Rollen, wie es sie nie zuvor gegeben hatte und nie wieder geben würde. Bei Julia sind Liebe und Tod und Erotik und Verdrängung in einem Körper vereint ... sozusagen. Ich wollte nicht, daß Carla meine Tränen sah, obwohl sie natürlich Verständnis dafür haben würde, daß ich vor Freude weinte. Wie konnte man eine *wirkliche* Schauspielerin sein, ohne die Julia gespielt zu haben? Ganz von selbst gingen mir die Dialoge durch den Kopf. Was für ein phantastisches Geschenk Carla mir gemacht hatte! Die Julia!

Dann hörte ich sie sagen: »Die Rolle der Wärterin ist wundervoll, Alice. Sie ist dir wie auf den Leib geschrieben.«

Die Enttäuschung kam so plötzlich und mit grausamer Gewalt, daß ich mich am Fensterrahmen festhalten mußte. Nicht die Julia. Die Wärterin. Beinahe schämte ich mich ob meiner Überheblichkeit und der Wahnvorstellung, die Julia spielen zu dürfen. Ja, hatte ich denn den Verstand verloren? Wie konnte eine Frau von einundvierzig Jahren ernsthaft damit rechnen, daß ihr die Rolle der Julia angeboten wurde?

Ich drehte mich zu Carla um und sagte mit der fröhlichsten, freudigsten Stimme, die ich zustande brachte: »Laß uns jetzt essen, Carla.«

2

Die Reise am Weihnachtsmorgen nahm einen unglücklichen Anfang. Ich wollte gerade meine Wohnung verlassen, um zum nächsten Bahnhof der Long-Island-Eisenbahn zu gehen, als ich feststellte, daß ich zwei Reisetaschen und zwei Katzenkörbe nicht gleichzeitig tragen konnte. Also packte ich die Reisetaschen wieder aus und stopfte meinen Kram in einen großen Seesack, den ich am Riemen über der Schulter tragen konnte, so daß beide Hände frei blieben, um die eingesperrten Katzen zu transportieren.

Der Seesack war ein alter Freund. Eine Tante von mir – eine von diesen schrulligen alten Frauen, wie man sie nur in ländlich-bäuerlichen Gegenden antrifft – hatte mir den Sack vor Jahren geschenkt, als ich mich als junges Mädchen an der Schauspielschule des Tyron-Guthrie-Theaters in Minneapolis eingeschrieben hatte, um den ersten Schritt auf die Bretter zu tun, die die Welt bedeuten. Der Seesack hatte mit der Zeit so arg gelitten, daß ich mit ihm einmal im Jahr in den Waschsalon ging, um ihn bleich zu bekommen.

An der Penn Station drängten sich alte Frauen mit Einkaufstaschen, in denen sich eingepackte Weihnachtsgeschenke befanden; ich sah Pärchen in enger Umarmung, die unter einem schweren Kater zu leiden schienen; ich sah Gruppen fremdsprachiger Leute, die auf ihren Gepäckstücken saßen und lautstark palaverten, und Hunderte heimatloser Menschen, die bei fünf Grad Kälte hierher gekommen waren und an den Wänden der geheizten Bahnhofshalle standen – ein ironischer Beitrag zum Fest der Liebe.

Ich kaufte mir meine Fahrkarte, suchte den richtigen Bahnsteig und wartete auf den 8-Uhr-22-Zug nach Hicksville. Wie immer begann Bushy in seinem Katzenkorb zu randalieren – er kratzte, miaute und beklagte sich. Bushy haßte das Reisen. Pancho hingegen war ruhig; er saß grüblerisch in seinem Kasten und starrte stur vor sich hin.

Nachdem der Zug in den Bahnhof eingefahren war und wir einsteigen konnten, entschied ich mich für einen der Doppelsitze am Ende des Waggons, damit ich die Katzenkörbe so hinstellen konnte, daß die beiden Insassen sich gegenseitig beobachten konnten. Das würde Bushy ein bißchen beruhigen – wenn er seinen Koller bekam, konnte er dabei wenigstens Pancho anfauchen.

Der Zug fuhr los, und ich machte es mir im warmen Waggon gemütlich.

Jedesmal, wenn ich zu den Starobins fuhr, kam ich

mir wie ein kleines Mädchen vor, das ein Geburtstagsgeschenk abholen geht. Die Starobins waren ein wundervolles altes Ehepaar. Harry war neunundsiebzig Jahre alt. Er besaß einen langen, dünnen, zerbrechlichen Körper, eine dichte Mähne schneeweißen Haares und ein dermaßen faltiges Gesicht, daß es aussah, als wäre es mit einer Harke bearbeitet worden. Er war ein kämpferischer alter Mann, der Katzen und Pferde und Schmetterlinge und alle anderen Arten seltsamer Lebewesen liebte. Harry war ein bekannter Preisrichter bei Katzen-Schönheitswettbewerben, und ich war noch keinem Menschen begegnet, der mehr über Katzen wußte als er. Ihm zuzuschauen, wenn er mit seinen Himalayans spielte, war ein außergewöhnliches, schwindelerregendes Vergnügen.

Immer, wenn ich an Harry Starobin dachte, wurde mir klar, daß ich mich tief in meinem perfiden Hirn danach sehnte, Harry möge der gute Vater/schlechte Vater sein, den ich nie gehabt hatte. Das war ziemlich beunruhigend.

Was Jo Starobin betraf – sie paßte zu Harry. Jo war eine kleine Frau mit kurz geschnittenem weißem Haar, immer hektisch und voller Unrast, die Harry in aller Öffentlichkeit fröhlich attackierte und sich wüst mit ihm stritt, um sich dann in aller Öffentlichkeit mit ihm zu versöhnen. Ich kannte kein anderes Paar dieses Alters, dem Sex noch so viel Spaß zu machen schien, als wären sie frisch verheiratet.

Und was das Anwesen der Starobins betraf – es sah so aus, als hätte jemand einen russischen Bauernhof aus dem neunzehnten Jahrhundert in das sehr noble Old Brookville versetzt. Die Gebäude verfielen; der Anstrich blätterte ab; die Teppiche waren dünn und abgelaufen; die Pferde waren alt, und einen Viehbestand gab es nicht. Mangels bezahlter Rechnungen waren die Heizung abgedreht und der Telefonanschluß stillgelegt worden. Die Starobins waren offensichtlich reich an Grundbesitz, jedoch sehr arm an Bargeld; aber es schien ihnen nicht das geringste auszumachen. Normalerweise brauchten sie sechs Monate, bis sie mir den vollen Lohn für meinen Catsitter-Job bezahlt hatten; andererseits fiel die Bezahlung sehr großzügig aus. Bei den Starobins war alles großzügig.

Dann schlief ich ein. Als ich aufwachte, dachte ich über Carlas Angebot nach, in ihrer Portobello-Produktion die Wärterin zu spielen, Julias Ex-Amme. Ich hatte Carla versprochen, mir die Sache durch den Kopf gehen zu lassen – und das wollte ich wirklich. Ich bemerkte, daß Bushy in seinem Käfig wieder mal aufsässig wurde, und so trommelte ich mit den Fingern auf den Deckel des Kastens, um den Kater zu beruhigen.

Schließlich rief eine unpersönliche, gelangweilte Stimme: »Hiiicksville.« Ich packte meinen Seesack und die beiden Katzenkäfige, verließ den Zug, stieg die lange Treppe vom Bahnsteig hinunter, überquerte die Schnellstraße und gelangte auf den Parkplatz, wo Harry Starobin jedesmal auf mich wartete.

Harry war nicht da. Ich wartete fünf, zehn, zwanzig Minuten, doch von Harry oder seinem klapprigen Kombi war weit und breit nichts zu sehen. Im Kopf ging ich noch einmal Harrys Anweisungen durch, um sicherzugehen, daß ich nichts verkehrt gemacht hatte. Nimm am ersten Weihnachtstag den 8-Uhr-22-Zug nach Hicksville. Verlasse den Bahnhof auf der Ostseite. Geh vom Bahnhof aus zum nördlichen Parkplatz am Supermarkt gegenüber der Schnellstraße. Genau das hatte ich getan. Wo steckte Harry?

Um Viertel nach zehn stieg ich in ein Taxi und ließ mich zu den Starobins fahren. Das war nicht einfach, denn ich kannte ihre Anschrift nicht. Ich wußte aber, wie das Anwesen zu finden war, wenn ich erst an eine bestimmte Tankstelle gelangt war, unter einer bestimmten Hängeampel hindurch und so weiter. Deshalb mußte der Taxifahrer zahlreiche Umwege machen und sehr langsam fahren. Schließlich wurde es dem Mann zuviel. Er war so wütend, daß er mich, meinen Seesack und die Katzen auf die Straße warf – gleich neben dem Briefkasten der Starobins.

Ich schaute mich um. Alles sah aus wie immer. Ich ging ein paar Schritte die Straße hinauf; dann stand ich vor der kiesbestreuten Zufahrt, die zum Haupthaus führte. Das alte, langhaarige Faktotum der Starobins, dessen Name ich immer vergaß, zerhackte mit einer Schaufel Eis. Er starrte mich an. Dann hackte er weiter. Er war schon ein komischer alter Vogel. Der baufällige Stall, den man über einen gesonderten Pfad erreichen konnte, existierte immer noch, links neben dem Haus. Ein uralter Karrengaul stand vor dem Stalltor und ließ sich genüßlich abbürsten. Der Atem stieg als weißer Dampf aus seinen Nüstern. Die junge Frau, die das Pferd striegelte, winkte mir zu. Ich winkte zurück. Sie war das Stallmädchen und hieß Ginger, wenn ich mich recht erinnerte.

Das Cottage, in dem ich wohnen sollte, stand rechts neben dem Haupthaus und war über einen schmalen Pfad zu erreichen. Ich nahm die Körbe mit Bushy und Pancho und ging auf die Hütte zu. Der Pfad war erst vor kurzem von Eis und Schnee befreit worden; doch es gab noch ein paar kleine Eisflächen, denen man vorsichtig ausweichen mußte.

Als ich mich langsam vorwärts bewegte, sah ich, daß Harrys Kombi in der Garage neben dem Haupthaus stand. Also war Harry drinnen. Er mußte schlicht und einfach vergessen haben, daß heute mein Anreisetag war. Der Gedanke erfüllte mich für einen Augenblick mit Zorn, doch er verrauchte rasch. Schließlich war Harry ein alter Mann. Falls ich so alt wurde wie er, würde ich mich vielleicht nicht einmal mehr an die Namen meiner Katzen erinnern.

Ich gelangte an die Treppe, die zur Eingangstür des kleinen Fachwerkhauses mit ihrem gemauerten Schornstein führte, und ließ die beiden Katzenkörbe auf der Veranda stehen. Wie immer war die Tür nicht abgeschlossen: Als ich mit der Hand dagegenstieß, schwang sie weit auf. Die Hütte war alt, die Decke niedrig und die Luft im Innern feucht und muffig. Ich lächelte, als ich hineinging. Die Starobins hatten für mich saubergemacht. Der Fußboden war gefegt, und das Bett hatte man offensichtlich vor kurzem frisch bezogen; sogar die Kissen waren aufgeschüttelt. Ich schaute mich in der kleinen Küche um. Die Starobins hatten eine neue Deckenlampe anbringen lassen, und jemand hatte die Chromteile des Spülbeckens auf Hochglanz poliert.

Ich ging wieder nach draußen, holte die beiden Katzenkörbe herein und öffnete die kleinen Türen. Bushy war mit einem Satz draußen, sprang aufs Bett und räkelte sich auf dem frisch aufgeschüttelten Kopfkissen. Pancho kam ganz langsam zum Vorschein und inspizierte die neue Umgebung auf mögliche Feinde und Fluchtwege. Ich holte den Seesack in das Cottage und legte ihn neben Bushy aufs Bett, um ihn dort auszupacken.

Ich drehte mich um, wollte die Tür schließen und …

… stand Harry Starobin Auge in Auge gegenüber. Er stand an der Tür und starrte mich an.

»Harry!« rief ich freudig.

Er sagte nichts.

Ich wollte ihn gerade ins Gebet nehmen und ihn fragen, warum er sich so seltsam aufführte – mich nicht vom Bahnhof abzuholen, sich in das Haus zu schleichen und mich zu erschrecken –, als ich erkannte, daß ich eine Leiche anblickte. Schlagartig wurden mir die Knie weich, und ich setzte mich rasch auf die Bettkante.

Harry hing an der Innenseite der Tür; das Seil, das um seinen Hals lag, war am Kleiderhaken festgebunden. Seine Augen waren weit aufgerissen. Sein Gesicht war zerschunden und verzerrt. In seinem weißen Haar sah ich Blutflecken.

Ich konnte ihn nicht mehr anschauen. Ich drückte Bushy fest an mich und barg das Gesicht in seinem Fell.

3

Nur der Christbaum im Haupthaus war der Zerstörung entgangen. Er stand vor dem Kamin; sämtlicher Weihnachtsschmuck und die Zweige waren unversehrt, doch ringsherum lagen aufgeschlitzte Kissen, zerschmetterte Lampen und zerfetzte Teppiche. Jo Starobin saß in ihrem Schaukelstuhl. Ihr Gesicht war so weiß wie ihr Haar.

Ein Detective von der Mordkommission des Nassau County, ein hochgewachsener, schwerer und ein wenig tapsiger Mann namens Senay, stand vor dem Baum und betastete eine Christbaumkugel. In der freien Hand hielt er seinen zerknautschten Filzhut und einen schwarz-weiß karierten Regenmantel, unter dem er ein blaues Flanellhemd mit roter Krawatte trug.

Die Himalayan-Katzen durchstreiften verwirrt das verwüstete Wohnzimmer und schnupperten an den zerschmetterten Gegenständen. Hin und wieder sprang eines der Tiere für einen Moment zu Jo hinauf, um sich dann sofort wieder zu den anderen zu gesellen. Jo beachtete die Katzen gar nicht. Wie schön diese Tiere doch waren – Perserkatzen mit langem Fell in den Farben von Siamesen. Sie suchten nach Harry.

Mit weinerlicher Stimme fing Jo plötzlich zu reden an, ohne sich dabei an jemanden im besonderen zu wenden: »Wo ich gewesen bin? Das kann ich euch sagen. Ich habe in Smithtown Karten gespielt. Ich habe Karten gespielt, als Harry gestorben ist! Mein armer Harry ist gestorben, und ich war Karten spielen!«

Jo schaukelte im Stuhl hektisch vor und zurück.

Ich schloß die Augen. Ich konnte es nicht ertragen, Jos Verzweiflung mit anzusehen. Seit dem gestrigen Abend war mein Magen in Aufruhr. Ich war immer noch zittrig und schwach auf den Beinen. Und ich konnte das Bild des toten Harry Starobin nicht aus meinem Kopf verdrängen, wie er mit gräßlich verzerrtem Gesicht an der Tür hing.

Detective Senay ließ die Christbaumkugel los und ging im Zimmer auf und ab, wobei er darauf achtete, auf keine Katze zu treten. »Mrs. Starobin«, wandte er sich an Jo, »wir brauchen eine Aufstellung sämtlicher Wertgegenstände.«

»Was sagen Sie da?« fuhr Jo auf und starrte ihn an wie einen Irren.

»Eine Aufstellung der Wertsachen. Wir müssen herausfinden, was sie gestohlen haben.«

»Was gestohlen? Wer?«

»Die Täter, Mrs. Starobin. Die Mörder Ihres Mannes. Sie haben irgend etwas gesucht – Geld, Gold, Antiquitäten. Wir brauchen eine Liste der Wertsachen, die Ihnen abhanden gekommen sind.«

Jo lachte schrill und schaukelte noch wilder als zuvor. Dann sagte sie mit beißendem Spott: »Geld? Gold? Antiquitäten. Das haben wir alles unter den Fußbodendielen versteckt. Unter dem Kaminholz verstaut. Hinter den Kacheln im Badezimmer eingemauert.«

Dann brach sie in Tränen aus. Als sie sich wieder gefangen hatte, sagte sie mit Flüsterstimme zum Detective: »Wir haben kein Geld. Wir haben nur diese alte Farm und unsere Katzen.« Sie schlug die Augen zu, hörte zu schaukeln auf und ließ den Kopf auf die Brust sinken.

Detective Senay schaute Jo an und sah, daß sie vor Erschöpfung eingenickt war. Er kam zu mir herüber und blieb neben dem Sofa stehen. Senay hatte mich bereits vernommen, was den schrecklichen gestrigen Abend betraf: warum ich bei den Starobins war; was ich in der Hütte zu suchen hatte; wie ich die Leiche gefunden hatte.

»Wir brauchen diese Liste«, sagte er mit gesenkter Stimme zu mir.

»*Ich* kann sie Ihnen wohl kaum zusammenstellen.«

»Aber Sie sind eine Freundin von Mrs. Starobin. Reden Sie mit ihr.«

»Ich bin ihre Catsitterin. Ich komme nur einmal im Jahr hierher. Außerdem hat Mrs. Starobin doch gesagt, daß sie nichts Wertvolles besitzt. Und wenn sie es sagt, dann stimmt das. Ich kenne die Starobins gut genug.«

»Jetzt hören Sie mal zu. Die Diebe haben den alten Mann langsam zu Tode gefoltert. Sie wollten Informationen aus ihm herausquetschen. Die Mörder haben irgend etwas gesucht. Harry Starobin wurde mit einem stumpfen Gegenstand der Schädel eingeschlagen; dann haben die Täter ihn aufgehängt. Wenn wir, die Kriminalpolizei, diese Liste bekommen, dann fassen wir auch die Täter.«

Er hielt inne; dann beugte er sich zu mir vor, musterte mich besorgt und fragte: »Wie fühlen Sie sich?«

»Gut.«

»Das muß ein furchtbarer Anblick gewesen sein. Gestern abend standen Sie noch unter Schock«, sagte er, wechselte Hut und Mantel in die andere Hand und seufzte leise. »Können Sie mir noch mehr über Harry erzählen?«

»Er war ein wunderbarer alter Herr.«

»Ja, das habe ich schon mehrmals gehört. Aber können Sie mir irgend etwas *Wichtiges* sagen?«

»Wie wär's mit seiner Schuhgröße?« erwiderte ich gehässig. Senays Methode, mich über Harry auszufragen, ging mir langsam auf die Nerven.

Eine der Himalayan-Katzen sprang zu mir hinauf und schmiegte sich an meinen Arm. Ich kraulte sie sanft.

»Ich habe Katzen nie gemocht«, erklärte Senay;

dann fragte er: »Sie verdienen sich damit Ihren Lebensunterhalt?«

»Womit?«

»Indem Sie auf Katzen aufpassen.«

»Mehr oder weniger«, antwortete ich. Senay hob staunend die Brauen. Ich wollte ihm gerade sagen, daß ich sowohl Schauspielerin als auch Catsitterin sei, doch plötzlich drang ein Schwall kalter Luft herein, der durch die Eingangstür ins Zimmer wehte.

Es war das Stallmädchen, Ginger. Sie machte die Tür hinter sich zu und ging mit schnellen Schritten zu Jo. Das Mädchen war sichtlich aufgeregt.

»Mrs. Starobin, Veronica und ihre Jungen sind weg! Verschwunden!«

Ginger holte tief Luft und zupfte an ihrem dichten, langen roten Haar. Sie trug mehrere Pullover übereinander, was sie noch stämmiger aussehen ließ, als sie ohnehin schon war.

»Zuerst dachte ich, die vielen Polizeiwagen hätten Veronica Angst gemacht, so daß sie in den Wald geflüchtet ist. Aber ich suche sie jetzt schon seit Stunden. Sie ist weg! Verschwunden! Sie und alle ihre Jungen!«

Gingers Stimme klang weinerlich, verängstigt und schuldbewußt, als würde sie um Absolution für irgend etwas bitten, das sie eindeutig als ihre Schuld betrachtete.

Jo schlug die Augen auf und starrte das Stallmädchen an. Dann sprang sie plötzlich auf und rief: »Halt's Maul!«

Es war ein dermaßen explosiver, gewaltsamer Ausbruch, daß die Himalayan-Katzen in sämtliche Zimmerecken flitzten, um sich in Deckung zu begeben.

»Wer ist Veronica, Mrs. Starobin?« fragte Senay.

Jo ließ sich in den Schaukelstuhl sinken, sichtlich erschüttert. »Die Stallkatze« murmelte sie.

Dann fuhr sie wieder das Mädchen an: »Harry ist tot, und du kommst hier herein und jammerst mir wegen der Stallkatze die Ohren voll! Ich wette, sie ist mit ihren Jungen auf dem Heuboden ... oder auf dem Dach. Weißt du denn nicht, daß Harry tot ist?«

Ginger konnte den Zorn der alten Frau nicht mehr ertragen. Sie wandte sich um und stürmte aus dem Haus.

»Ich muß jetzt nach oben«, murmelte Jo, als das Mädchen verschwunden war. »Ich muß mich hinlegen. Ich muß nachdenken.«

Sie erhob sich aus dem Schaukelstuhl und ging davon. Zuerst schwankte sie leicht; dann wurden ihre Bewegungen sicherer. Wir hörten ihre dumpfen Schritte, als sie die hölzerne Treppe hinaufstieg.

Detective Senay setzte sich in den Schaukelstuhl. Er schien erleichtert zu sein, daß Jo gegangen war. Draußen wurde es jetzt rasch dunkel. Ich hatte mir für achtzehn Uhr ein Taxi bestellt, das mich zum Bahnhof bringen sollte. Ich wollte erst in letzter Minute in das Cottage, in dem ich den ermordeten Harry aufgefunden hatte, um meine Sachen zu holen; aber mit einem Polizisten im Wohnzimmer zu hocken war auch nicht gerade nach meinen Geschmack. So langsam wurde mir klar, daß ich den Kerl nicht leiden konnte. Aber warum? Die Polizisten, die mir in Stony Brook begegnet waren, als ich wegen des angeblichen Selbstmordes meines Freundes dorthin gefahren war, hatte ich auch nicht leiden können. Ich gelangte zu der Ansicht, daß meine Abneigung gegen Polizisten darauf zurückzuführen war, wie sie mit tragischen Vorfällen umgingen. So, als würden sie sich auf gut Glück irgendein Drehbuch nehmen und das Stück auf Teufel komm raus zu Ende spielen, egal, wie verrückt es war. Senays Theorie, daß in diesem Fall der Diebstahl das entscheidende war und nicht der Mord an Harry, erschien mir in Anbetracht der offensichtlichen Armut der Starobins als besonders weit hergeholt.

Detective Senay schaukelte jetzt genauso, wie es vorhin Jo getan hatte. Der Schock, den ich bei der Entdeckung von Harrys Leiche davongetragen hatte, wich allmählich – ich erkannte es daran, daß ich streitlustig wurde. »Für mich ist die ganze Sache sehr mysteriös«, sagte ich zu Senay.

Für einen Augenblick blickte er mich an und hörte zu schaukeln auf; dann spielte er schweigend mit seinem Filzhut.

»Es ist verrückt zu glauben, daß hier Einbrecher am Werk gewesen sind, die es auf Goldmünzen oder Tiffany-Lampen abgesehen hatten.«

»Wer hat denn etwas von Goldmünzen gesagt? Oder von Lampen?« fragte Senay.

»Oder von Geld und Antiquitäten.«

»Jetzt hören Sie mal zu. Solche gewalttätigen Einbrüche geschehen am laufenden Band. In dieser Gegend wohnen viele reiche Leute. Sie können hier in jedes x-beliebige Haus einbrechen und darauf wetten, daß Sie etwas Wertvolles finden.«

»Es kann kein Zufall sein, daß die Mörder sich gerade dieses Haus ausgesucht haben«, sagte ich.

»Warum?«

»Weil das Haus der Starobins das einzige im Umkreis ist, in das ein Dieb *nicht* einbrechen würde. Es ist völlig heruntergekommen. Im Vergleich zu den anderen Häusern in dieser Gegend ist es die reinste Bruchbude.«

Meine Bemerkung ärgerte Senay.

»Passen Sie mal auf«, sagte er und redete mit mir, als wäre ich geistig zurückgeblieben. »Es könnte ein zufälliger Einbruch gewesen sein, und es könnte ein vorsätzlicher Einbruch gewesen sein. Wenn wir die Täter nicht erwischen, erfahren wir das nie. Und wir werden die Täter niemals erwischen, wenn wir nicht herausfinden, was sie gestohlen haben. Und wir werden niemals herausfinden, was sie gestohlen haben, wenn Mrs. Starobin uns die Inventarliste nicht gibt!«

Dann saßen wir schweigend beieinander, bis Jo wieder herunterkam. Ich verabschiedete mich von ihr, nickte dem Detective zu und machte mich auf den Weg zum Cottage, um die Katzen und das Gepäck zu holen. Das Taxi sollte an der Straße auf mich warten.

Als ich an die Tür des Cottage gelangte, hörte ich ein überaus seltsames Geräusch. Zuerst dachte ich, es käme aus dem Innern der Hütte – daß die Katzen irgendwelchen Zirkus machten. Doch es kam von irgendwo draußen ... von irgendwo hinter dem Haus, aus der kleinen Gruppe der Sumpfeichen. Es hörte sich an wie das Wimmern eines verletzten, zu Tode verängstigten Tieres.

Was konnte das sein? Ich wollte es gar nicht unbedingt herausfinden. Weder das Cottage selbst noch dessen Umgebung waren mir geheuer. Ich hatte Angst; dafür hatte Harrys Leichnam gesorgt. Aber ich *konnte* das Geräusch nicht ignorieren. Es war herzzerreißend.

Leise und vorsichtig schlich ich um das Cottage herum. Der Wind frischte auf und ließ die dürren Zweige rascheln. Die Geräusche verstummten. Ich blieb stehen. Dann setzte das Wimmern wieder ein.

Als ich um die Ecke des Cottage bog, sah ich endlich, was ich hörte. Dort stand jemand und weinte so laut und kläglich, daß er am ganzen Körper geschüttelt wurde. Es war Ginger, das Stallmädchen. Sie hatte die Arme um ein Fallrohr geklammert, als wäre sie zu schwach, um sich auf den Beinen zu halten.

Ginger hörte, wie ich näher kam, konnte sich aber nicht unter Kontrolle bekommen. Ich blieb einen, zwei Schritte vor ihr stehen. So hatte ich noch nie jemanden weinen sehen.

Ich wußte nicht, was ich tun sollte. Aber ich mußte irgend etwas unternehmen. Ich legte Ginger die Hand auf die Schulter und sagte: »Die Kätzchen tauchen bestimmt wieder auf, Ginger.«

Sie holte keuchend Luft und schrie mich an: »Verdammte Kätzchen! Ich kann sie nicht ausstehen!« Und dann klappte sie plötzlich zusammen.

Ich kniete mich neben sie und versuchte, ihren Kopf in meinen Schoß zu betten. Aber sie schlug um sich.

»Harry, Harry, Harry«, flüsterte sie wieder und wieder mit verzweifelter Beharrlichkeit. »Harry, o Gott, Harry.«

Dann packte sie mich und zog mich an sich, und wir kauerten eng umschlungen in der Dunkelheit und Kälte auf dem Boden. Allmählich wurde das Mädchen ruhiger.

Ihr Verhalten verblüffte mich, gelinde gesagt. Warum hatte sie eine so abgelegene Stelle gewählt, um sich auszuweinen? Jo weinte ja auch; aber im Haus, vor aller Augen. Es war doch ganz natürlich, um Harry zu weinen. Alles andere hätte mich in Erstaunen versetzt. Ein vielgeliebter Mann war ermordet worden. Doch Ginger wollte offensichtlich nicht, daß jemand sie weinen sah. Warum?

Ich half ihr auf. Sie brachte kein Wort hervor und nickte mir zum Dank kaum merklich zu.

Natürlich. Es mußte Jo Starobin sein, vor der Ginger ihre Trauer zu verbergen versuchte. Aber warum wollte das Mädchen nicht, daß Jo ihren Kummer sah? Gerade Jo würde doch verstehen, wenn Ginger um Harry trauerte.

Es sei denn, es war die Trauer einer Geliebten.

Als ich Ginger vor das Cottage führte, den Arm fest um ihre Schulter gelegt, erkannte ich mit erstaunlicher Gewißheit, daß dieses junge Mädchen und der alte Harry Starobin Liebhaber gewesen waren.

4

Es war um sechs Uhr morgens, vier Tage nach dem Mord an Harry, als ich wieder von Jo Starobin hörte. Ihr Anruf weckte mich aus tiefem Schlaf. Wie immer war es zu dieser Morgenstunde bitterkalt in meiner Wohnung. Wie immer lag Bushy auf dem Kopfkissen neben mir. Pancho trieb sich irgendwo herum und plante vermutlich seinen nächsten Fluchtversuch.

»Spreche ich mit Alice Nestleton?«

Ich hatte noch gar nichts gesagt, aber genau diese Worte hörte ich, als ich den Hörer aufgenommen hatte. Schlaftrunken wie ich war, kam mir die Frage ungeheuer lustig vor. ›Spreche ich mit Alice Nestleton?‹ Spreche ich mit Julia? Ist Romeo zu Hause?

Mein Lachen verwirrte den Anrufer.

»Kann sein, daß ich die falsche Nummer gewählt habe. Ich ... suche Alice Nestleton.«

»Gratuliere. Sie haben sie gefunden«, sagte ich, und das kam mir noch lustiger vor.

»Ich bin's, Alice. Jo Starobin.«

Ich kam mir dumm vor und schämte mich. »Tut mir leid, Jo. Ich wußte nicht, daß du es bist. Ich bin gerade erst aufgestanden.«

»Entschuldige, daß ich so früh anrufe. Ich bin in Manhattan, im Hotel Tudor.«

»An der Forty-second Street?«

»Ja. Können wir uns heute morgen treffen? Um neun Uhr?« Ihre Stimme klang gehetzt, drängend, hoffnungsvoll.

Hatte ich irgendwelche Termine? Mir fiel keiner ein. Ich sagte Jo, daß ich um neun Uhr bei ihr sein würde.

»An der Chemical Bank«, sagte Jo. »An der Fifty-first Street und Third Avenue.«

Ohne ein weiteres Wort legte sie auf. Benommen lauschte ich dem Freizeichen. Dann legte ich den Hörer auf und kuschelte mich ins Bett. In den vier Tagen, die seit dem Mord vergangen waren, hatte ich angestrengt darüber nachgedacht, wie ich Jo durch eine Geste oder durch Worte zu verstehen geben konnte, daß ich ihre tiefe Trauer nachempfinden konnte. Aber mir war nichts eingefallen, das aufrichtig genug gewesen wäre; darum hatte ich's bleiben lassen: Ich hatte Jo keine Karte geschickt, keine Blumen, ich hatte sie nicht angerufen – gar nichts. Jetzt konnte ich ihr wenigstens ein bißchen helfen. Vielleicht brauchte sie eine Schulter, an der sie sich ausweinen konnte. Vielleicht wollte sie mir irgend etwas über Harry erzählen.

Als ich mich anzog, klingelte das Telefon noch einmal. Es war Carla Fried.

»Bist du wieder in Montreal?« fragte ich.

»Nein.« Sie lachte. »In Atlanta. Ist was dazwischen gekommen. Du weißt ja, wie das bei uns berühmten Theaterleuten so geht.«

Ich hoffte, daß Carla nicht wegen der Wärterinnen-Rolle Druck machen wollte. Zur Zeit hatte ich andere Dinge im Kopf.

»Weißt du, Alice, ich wollte dir nur sagen, wie schön es gewesen ist, dich mal wieder getroffen und mit dir geredet zu haben. Mit dir könnte ich mich fünf Tage an einem Stück unterhalten.«

»Wie in alten Zeiten«, sagte ich.

»Wie in den *guten* alten Zeiten«, verbesserte sie mich; dann fügte sie atemlos hinzu, als wäre sie in großer Eile: »Hör mal, Alice, ich weiß noch nicht, wie mein Terminplan aussieht. Aber wenn mein Rückweg mich über New York führt, treffen wir uns noch mal, ja?«

Ich war einverstanden. Carla legte auf. In Anbetracht der schrecklichen Geschehnisse in Old Brookville erschien mir der Gedanke irgendwie frivol, daß meine alte Freundin Carla Fried wie die Hollywood-Version eines Theaterdirektors durch die Lande hetzte.

Ich verließ meine Wohnung, die sich an der Twenty-sixth Street und Second Avenue befindet, um acht Uhr und ging langsam in Richtung Innenstadt. Es war einer der seltsamen Tage zwischen Weihnachten und Neujahr, an denen die Leute einen erschöpften und verwirrten Eindruck machen. Der Radiorekorder eines farbigen Teenagers plärrte irgendeinen Rap-Song, den ich zuerst für die auf modern getrimmte Version eines Weihnachtsliedes hielt.

Gegen Viertel vor neun war ich am Bankgebäude. Jo stand wie ein verlorenes Kind da; sie trug ein Paar große altmodische Ohrenschützer, die ihr ein lächerliches Aussehen verliehen.

»Wir sind früh dran. Wir müssen noch ein Weilchen warten, bis die Bank aufmacht«, sagte Jo.

Ich war gar nicht auf den Gedanken gekommen, daß Jo in die Bank wollte. Ich war der Meinung gewesen, sie hätte das Bankgebäude nur als Treffpunkt ausgesucht. Aber offensichtlich wartete sie darauf, daß aufgemacht wurde. Sie sah schrecklich aus – erschöpft, nervös, hilflos. Sie packte meinen Arm und hielt ihn fest.

Als die Bank öffnete, folgte ich Jo hinein. Wir liefen eine Treppe hinunter und bis vor eine große Glastür, die von innen verschlossen war. Jo drückte auf einen Summer. Die Tür ging auf, und ein älterer Mann in einer grauen Jacke mit einer weißen Nelke im Revers führte uns in den Sicherheitstrakt, wo sich der Tresorraum und die Schließfächer befanden. Jo unterschrieb ein Formular und reichte dem Mann einen Schlüssel. Er verschwand im Tresorraum und kam kurz darauf mit einer großen stählernen Kassette zurück, die er in den hinteren Teil des Raumes trug, in dem wir uns aufhielten. Jo und ich folgten dem Mann.

Wir betraten ein kleines Zimmer, in dem nur ein langer Tisch und drei Stühle standen. Der Mann stellte die Kassette auf den Tisch, verließ das Zimmer und schloß die Tür hinter sich.

Jo und ich saßen da und starrten die Kassette an. Ich

hatte nicht die leiseste Ahnung, was das alles zu bedeuten hatte.

Schließlich sagte Jo: »Ich war gestern schon hier, um Harrys Testament zu holen. Wußtest du eigentlich, daß ich seit fünfzehn Jahren keinen Blick mehr in unser Schließfach geworfen habe?«

Ich zuckte mit den Achseln. »Ich hatte nie eins.«

Sie seufzte. »Schließfächer sind wenigstens sicher. Würdest du mir den Gefallen tun und die Kassette für mich öffnen, Alice?«

Ich beugte mich vor, ließ den stählernen Verschlußriegel aufschnappen, hob den schweren Deckel an – und riß die Augen auf. In der Kassette lag mehr Geld, als ich je im Leben auf einem Haufen gesehen hatte. Die Kassette war bis obenhin mit gebündelten Hundertdollarscheinen vollgepackt; die Bündel wurden von Gummibändern gehalten.

»Siehst du das? Siehst du das?« fragte Jo mit beinahe hysterischer Flüsterstimme.

Ich strich mit der Hand über die oberste Lage der Banknotenbündel, ließ sie behutsam über die Geldscheine gleiten.

»Dreihundertachtzigtausend Dollar, Alice. Dreihundert-und-achtzig-tausend! Woher hatte Harry so viel Geld? Warum hat er mir nichts davon gesagt? Wie ist er an das Geld herangekommen?«

Ich schüttelte den Kopf. Angesicht dieser Summe konnte ich mir die Antwort nicht einmal zusammenreimen.

»Weißt du, was ich glaube, Alice? Ich glaube, Harry wurde dieses Geldes wegen ermordet. Das ist der Grund, bestimmt!« Sie schlug den Deckel der Kassette zu.

»Hast du der Polizei schon von dem Geld erzählt?« fragte ich.

»Nein, ich ...«, erwiderte sie, hielt inne und blickte mich an; dann sagte sie: »Zuerst wollte ich's. Aber dann habe ich mir die Sache durch den Kopf gehen lassen. Ich werde der Polizei nichts von dem Geld erzählen. Weißt du, Alice, Harry und ich besaßen keinen Cent. Alles war mit Hypotheken belastet. Wir haben ein Heer von Gläubigern. Ich bin sicher, daß Harry mit diesem Geld unsere Schulden bezahlen und dafür sorgen wollte, daß uns Haus und Grundstück endlich schuldenfrei gehören. Es wäre Harrys Wunsch gewesen, daß ich das Geld dafür verwende. Ich habe zwar keine Ahnung, wie er an dieses Vermögen gekommen ist, aber ich weiß, daß er das Geld für sich selbst und für mich bestimmt hatte, und für die Katzen und die Kutschpferde. Das hier war sein Weihnachtsgeschenk an uns alle. Wenn ich zur Polizei gehe, wird man das Geld beschlagnahmen, und wenn mir überhaupt was davon bliebe, würde die Hälfte für die Steuer draufgehen. Verstehst du, was ich meine, Alice? Ich bin kein Dieb. Ich weiß nur, daß es Harrys Wunsch gewesen wäre.«

»Und er hat dir nie etwas von dem Geld erzählt, Jo?« fragte ich skeptisch.

»Nie. Kein Wort. Ich schwöre es, Alice. Er hat nie etwas davon gesagt.« Jo stand auf, drückte die Handflächen links und rechts an den Kopf und fragte: »Glaubst du, Harry hat eine Bank ausgeraubt? Armer Harry. Vielleicht hat er es wirklich getan, weil er für uns alle ein Weihnachtsgeschenk haben wollte. Ich weiß noch, wie schlimm es war, als wir vor ein paar Monaten das Heizöl nicht bezahlen konnten. Ich hatte das alles so satt, daß ich zu Harry gesagt habe: Harry, ich möchte am liebsten sterben. Da hat er mir einen Kuß auf die Stirn gegeben und erklärt, ich bräuchte mir keine Sorgen zu machen.«

Sie fing an zu weinen; dann aber riß sie sich zusammen und klatschte in die Hände, als wäre sie die Lehrerin einer Grundschulklasse und ich eine Schülerin, die im Unterricht eingeschlafen war. »Jetzt möchte ich eine Tasse Kaffee, Alice. Gehst du mit?«

Fünf Minuten später saßen wir an einem Tisch vor einem Schnellcafé in der Eingangshalle des Citicorps-Einkaufszentrums und tranken eine heiße schwarze Brühe aus Plastikbechern. Auf dem Weg ins Einkaufszentrum hatte Jo aufgeregt drauflos geplappert. »Hast du schon mal so viel Geld gesehen, Alice?« – »Hast du gesehen, wie komisch es verpackt war?« – »Diese vielen Gummibänder! Diese vielen Hundertdollarbündel!«

Als eine große Gruppe lärmender Kinder durch die Eingangshalle rannte, schickte Jo mich ins Café, um ihr noch einen Becher Kaffee und irgend etwas Süßes zu holen. Ich kam mit einem Stück Blätterteig mit Rosinen an den Tisch zurück. Jo nahm eine Plastikgabel und pickte die Rosinen aus dem Kuchen.

»Also, jetzt hör mal gut zu, Alice Nestleton«, sagte sie. »Ich habe dich aus einem ganz bestimmten Grund angerufen. Es ging mir nicht darum, daß du die Geldbündel anstarrst oder mir einen Kaffee ausgibst. Ich weiß, daß viele Leute mich für ein wenig verrückt halten ...«

»Das stimmt nicht, Jo. Unsere gemeinsamen Bekannten haben dich sehr gern. Sie mögen dich genauso sehr, wie sie Harry gemocht haben«, erwiderte ich.

»Ich weiß jetzt, weshalb mein armer Harry ermordet wurde. Wegen des Geldes, nicht wahr? Aber das hilft uns kein bißchen weiter, solange wir nicht wissen, wie er an dieses Vermögen gekommen ist. Denn erst wenn wir wissen, woher Harry das Geld hatte, können wir Nachforschungen anstellen, wer es darauf abgesehen hatte. Aber ich weiß eine Möglichkeit, wie wir vielleicht herausfinden können, woher Harry das Geld hatte. Er hat nie etwas fortgeworfen. Er hat sämtliche Briefe und Rechnungen und Geschäftskarten und Programmhefte von Katzen-Ausstellungen aufbewahrt, jeden Fetzen Papier. Er hat alles behalten; es ist alles noch da. Ich brauche es nur durchzusehen. Aber allein kann ich das nicht, Alice. Meine Sehkraft läßt zu wünschen übrig, und außerdem fehlt mir die nötige Geduld. Also habe ich mir gedacht, du könntest für ein paar Wochen zu mir kommen – du und deine Katzen. Ihr könntet mir helfen. Ich zahle dir zweihundert Dollar pro Tag. Dann könnten wir herausfinden, was Harry getan hat und wer ihn ermordet hat. Na, wie wär's?«

Ich wußte nicht, was ich sagen sollte. Falls die Mörder es auf Harrys Geld abgesehen hatten – warum hatten sie sich nicht denken können, daß es in einem Schließfach deponiert war? Und vor allem: Warum hatten sie Harry dann ermordet? Sie hätten doch einen lebenden Harry gebraucht, der das Geld für sie abhebt. Nein, es mußte etwas anderes gewesen sein.

Arme Jo! Sie sah schrecklich verletzlich aus, wie sie so dasaß; die lächerlichen Ohrenschützer baumelten ihr verdreht vom Kopf. Ich fragte mich, wie ich als alte Frau sein würde – falls ich Jos Alter erreichte.

»Du brauchst es mir nicht sofort zu sagen. Laß dir Zeit, Alice. Du kannst mich im Hotel anrufen.«

Wenn ich nachdenken muß – ich meine, so richtig in aller Ruhe nachdenken –, setze ich mich gern vor den Spiegel. Es ist eine Art seitenverkehrtes narzißtisches Schauspiel, das mein Hirn in Schwung bringt.

Eine Stunde, nachdem ich mich von Jo verabschiedet hatte, starrte ich mich im Spiegel an. Wie immer hielt ich mein Erscheinungsbild für unbestimmbar. Wie immer stellte sich mir die verwirrende Frage, wer von uns beiden das Publikum war – die im Spiegel oder ich.

Ganz unerwartet hatte ich die Wahl zwischen zwei verlockenden Angeboten. Sollte ich die Wärterin in *Romeo und Julia* spielen? Aber ich fühlte mich nicht mehr zum klassischen Theater hingezogen. Mich interessierten nur noch die Grenzgebiete der Schauspielkunst. Ich hätte lieber splitternackt auf der Bühne gestanden, Beaudelaires Betrachtungen über die Huren vorgetragen und dabei eine Mandarine gegessen – und alles ohne Gage. Nein, sagte ich mir. Was Carlas Angebot betraf, hatte es keine Eile. Das konnte warten.

Jos Angebot war dringender. Sicher, auch die Bezahlung war verführerisch. Andererseits war der Gedanke, mehrere Wochen mit Jo Starobin verbringen zu müssen, alles andere als verlockend. Jos Trauer war so tief, daß niemand, der sich in ihrer Gesellschaft befand, sich dieser Trauer entziehen konnte.

Ich betrachtete mein Haar. In der goldblonden Mähne war schon ziemlich viel Grau zu sehen. Meine Augenbrauen wurden blasser. Das Gesicht im Spiegel war gelassen. Ich hatte nie verstehen können, warum die Leute mich als schön bezeichneten. Mein Gesicht war zu schmal – zu spitz, wie man zu sagen pflegt. Ich kicherte. Ich zog die Schultern zurück und streckte die Brust raus. Diese Pose hatten die Männer immer besonders anziehend gefunden. O ja, als ich in jungen Jahren in einen Raum gekommen war, hatte ich stets für ziemliches Aufsehen gesorgt. Bühnenpräsenz nennt man so etwas.

Oben rechts im Spiegel sah ich eine blitzschnelle Bewegung, einen verschwommen Schemen. Dann erkannte ich Panchos Spiegelbild. Er saß oben auf dem Bücherregal, neben den Sammelmappen mit der *Tulane-Theaterzeitung*. In einer der älteren Ausgaben war ein Bild von mir. Es zeigte mich auf der Bühne, in einem Einakter, der am Long-Wharf-Theater in New Haven gegeben worden war.

Panchos Spiegelbild beäugte mich.

Ohne mich umzudrehen, sagte ich: »Du kannst in Ruhe gucken, solange du willst, Pancho.«

Er reagierte nicht. Sein halber Schwanz bewegte sich nervös auf und ab. Sein Gesicht zeigte Mißtrauen.

»Ach, Pancho, warum kannst du nicht mal entspannt sein? Kannst du denn nicht spielen wie andere Katzen auch?«

Keine Reaktion. In diesem Augenblick hatte ich den sehnlichen Wunsch, Pancho in die Arme zu nehmen, doch ich blieb sitzen. Pancho war ein gutes Vorbild. Sein ständiger Argwohn und sein eigenartiges Gespür für Gefahren machten ihn zu einem ausgezeichneten Lehrmeister. Es gibt Menschen und Tiere, die man nur aus der Ferne lieben kann. Körperkontakt ist unmöglich.

»Lauf, Pancho, lauf«, flüsterte ich seinem Spiegelbild zu. Doch Pancho hob nur ein Bein und leckte es ab. Er würde erst flüchten, wenn er damit fertig war.

Ich berührte den Spiegel mit den Fingern, ließ sie so

langsam über das Glas gleiten wie über die Geldscheine in Jos Stahlkassette.

Jos Angebot war sehr großzügig gewesen. Zwei Wochen lang zweihundert Dollar pro Tag – das machte zweitausendachthundert Dollar – steuerfrei. Das war sehr viel Katzenfutter. Außerdem kam Jos Angebot zu einem günstigen Zeitpunkt. Die ersten beiden Wochen des neuen Jahres waren stets deprimierend; ich konnte nichts tun, nichts bewegen, da mir die Möglichkeiten fehlten.

Ein bißchen grimmig lächelte ich mich im Spiegel an. Einer meiner Exliebhaber hatte mal gesagt, mein Lächeln wäre schrecklich, vollkommen unecht. Ich verzog das Gesicht. Es war ärgerlich, aber es stimmte: Ich beurteilte mich häufig nach Maßstäben, die andere Leute mir vorgegeben hatten. Warum glaubte ich ihnen eigentlich? Für solchen Unsinn war ich zu alt.

Erneut zuckte ein grauer Blitz über den Spiegel. Pancho hatte sich wieder auf den Weg gemacht.

Ich nahm eine Haarbürste und wog sie in der Hand. Es war eine sehr schöne Bürste aus Perlmutt und mit dünnen, harten Borsten.

Es wäre die ideale Bürste für das dichte, dicke, üppige Haar des Stallmädchens gewesen. Ginger hatte wundervolles rotes Haar. Als ich an sie dachte, verspürte ich einen ganz kurzen Anflug von Haß. Meine Reaktion war so eigenartig, daß ich aufstand und vom Spiegel fortging. Ich setzte mich aufs Bett.

Warum hatte ich kein Mitleid mit dem Mädchen, wie ich es für Jo empfand?

Gingers Trauer war irgendwie ... rätselhaft gewesen. Sie hatte geweint wie ein Mensch, der alles verloren hatte. Nein, ich haßte Ginger nicht; das wurde mir klar. Ich war eifersüchtig auf sie.

Warum? Weil sie und Harry Liebhaber gewesen waren.

Seufzend erhob ich mich vom Bett, ging auf den Flur, dann wieder zurück ins Schlafzimmer.

Warum diese Eifersucht? fragte ich mich. Harry war für mich eine Art Ersatzvater gewesen – freundlich, exzentrisch und klug; er hatte mir Trost und *Sicherheit* gegeben.

Ersatzvater? Hatte ich wirklich so empfunden? Nein. Ich wollte an Gingers Stelle sein. Ich wollte als Harrys Geliebte um ihn trauern, nicht als Ersatztocher.

Rasch ging ich den Flur hinunter ins Wohnzimmer. Ich schnappte mir Bushy vom Sofa und drückte ihn an mich. Er ließ die Liebkosung mit stoischer Ruhe über sich ergehen.

»Bushy!« rief ich seinen Namen. Er schaute an mir vorbei, und ich flüsterte ihm in Ohr: »Du hast die ganze Zeit gewußt, daß ich Jos Angebot annehmen würde, nicht wahr? Du hast es die ganze Zeit gewußt.«

Ich legte mich aufs Sofa und hielt Bushy an mich gedrückt. Es gab keinen Grund, Jos Angebot auszuschlagen und nicht zum Anwesen der Starobins zu fahren. Sicher, dort hatte ich Harrys Leiche entdeckt – aber warum sollte ich dort nicht auch seinen Mörder finden?

5

Ich verließ das Cottage und ging mit eiligen Schritten zum Haupthaus. Es war ein nasser, kalter, diesiger Morgen. Die Bäume sahen bedrohlich aus – nackt und gefährlich schienen sie über dem Anwesen zu schweben. Doch ich hatte keine Bedenken, das Cottage zu verlassen, denn Pancho und Bushy hatten es sich darin schön gemütlich gemacht, wenngleich Pancho über den eklatanten Mangel an möglichen Verstecken und Fluchtwegen höchst erstaunt zu sein schien. Er mußte sich als Fluchtweg eine Art Rundkurs einfallen lassen.

»Bist du das, Alice?« rief Jo mir aus der Küche entgegen, als ich das Haus betrat.

Dann erschien sie auch schon, in einem lächerlichen Aufzug. Sie hatte sich eine große lederne Schürze mit tiefen Taschen umgebunden – eine Schürze, wie ein Hufschmied sie tragen mochte –, und um ihren Hals lag ein großes, fadenscheiniges Trockentuch. »Du kommst gerade zur rechten Zeit. Ich mache uns Eier zum Frühstück«, sagte sie.

Auf Jos altersschwachem Küchentisch mit seinen wackligen, zerkratzten Holzbeinen lagen in wirrer Unordnung die verschiedensten Haushaltsgeräte, als müßte sie statt eines bescheidenen Frühstücks für zwei Personen ein größeres Festessen bereiten. Sie zeigte auf das Durcheinander und sagte: »Früher hat Harry immer die Eier gebraten. Er hat gesagt, ich wüßte nicht, wie man Eier richtig brät, verrührt oder pochiert. Ich könnte nicht mal Eier *kochen*. Ich weiß bis heute nicht, ob er das ernst gemeint hat. Tja, aber jetzt stehe ich ohne Harry da, also bleibt mir nichts anderes übrig, als uns die Eier zum Frühstück zu machen. Wie möchtest du sie gern haben, Alice?«

»Rühreier wären nicht schlecht, Jo«, erwiderte ich und setzte mich an den Tisch, um sie in ihrer riesigen, vollkommen überflüssigen Lederschürze zu beobachten. Es gehörte zu den Eigenheiten der Starobins, daß sie ihre Angelegenheiten manchmal auf absonderliche Weise erledigten.

Behutsam, beinahe mühsam schlug Jo fünf Eier in einen Unterteller und rührte sie mit einem Schneebesen durch, wobei sie die Hufschmied-Schürze immer wieder behinderte. Als sie mit dem Umrühren fertig war, ließ sie sich erschöpft in einen Stuhl fallen.

Zwei der langhaarigen Himalayan-Katzen kamen herbeigelaufen; eine sprang auf Jos Schoß, die andere auf ihren Rücken. Zwei andere waren mit einem Satz auf dem Tisch und stöberten neugierig in dem Chaos herum. Eines der Tiere beschnupperte meinen rechten Fuß. Binnen Sekunden wechselten sämtliche Katzen in einem makaberen Reise-nach-Jerusalem-Spiel die Plätze; dann stürmten sie aus der Küche.

»Gott, bin ich müde«, sagte Jo und begann zu schluchzen, unterdrückte jedoch die Tränen und stand auf. »Weißt du, ich muß jetzt viele von den stupiden Arbeiten im Stall und auf dem Hof erledigen. Das ist nicht leicht für eine alte Frau wie mich. Ich habe seit zehn Jahren keinen Stall mehr ausgemistet.«

»Was ist mit Ginger?«

»Ach«, sagte Jo, warf den Schneebesen in die Höhe, daß er sich in der Luft überschlug, und fing ihn wieder auf. »Sie ist vor zwei Tagen fortgegangen.«

»Fortgegangen? Wohin denn?«

»Keine Ahnung. Woher soll ich das wissen? Sie hat gekündigt.«

Das kam völlig unerwartet. Ich hatte damit gerechnet, daß Ginger blieb, und sei es auch nur, um ein wenig von ihrer Schuld abzutragen, Harrys Geliebte gewesen zu sein.

»Hat Ginger gesagt, warum sie gekündigt hat?«

Jo ging zum Herd und ließ in einer Pfanne Butter aus. Ich konnte sehen, daß sie viel zuviel Butter in die Pfanne gegeben hatte.

»Nein, das hat sie mir nicht gesagt«, erwiderte Jo schließlich und starrte gedankenvoll auf die schmelzende Butter, »aber ich weiß, warum sie fortgegangen ist. Aus Trauer. Harry war wie ein Vater für sie. Und Ginger war wegen Veronica traurig, der Stallkatze. Aber das war dumm von ihr. Unsere Stallkatzen verschwinden immer wieder, manchmal für Monate. Besonders, wenn sie Junge haben. Wahrscheinlich treibt Veronica sich mit ihren Jungen zur Zeit bei irgendeinem Nachbarn herum und ist glücklich und zufrieden, bis sie es eines Tages satt hat und wieder hier auftaucht. Ich habe Ginger gesagt, was auch Harry ihr immer wieder gesagt hat – daß Katzen Erdbeben und andere Naturkatastrophen spüren können, lange bevor sie eintreten. Und dann machen die Tiere sich aus dem Staub. Ich habe Ginger gesagt, daß Veronica wahrscheinlich gewußt hat, daß jemand Harry ermorden würde, und da ist sie mit ihren Jungen weggelaufen. Aber Ginger wollte nicht bleiben.«

Jo gab die Eier in die brutzelnde Butter und beugte sich über die Pfanne. Mit der riesigen Schürze sah ihre winzige Gestalt zwergenhaft aus.

Ich mußte Jo sagen, daß Ginger Harrys Geliebte gewesen war; das erkannte ich jetzt. Natürlich hatte ich keinen Beweis dafür, nur sehr spärliche Indizien; vor allem Gingers herzzerreißendes Weinen in der Abgeschiedenheit hinter der Hütte. Doch Jo und ich würden bei unseren Nachforschungen keinen Schritt weiterkommen, falls wir nicht von Anfang an bedingungslos ehrlich zueinander waren; nicht mal einen

Verdacht durften wir verschweigen. Wie sollten wir sonst zum Ziel kommen?

Triumphierend schaufelte Jo die Rühreier aus der Pfanne auf die Teller. Dann trat sie zurück und schüttelte den Kopf. Sie hatte sich so sehr auf die Rühreier konzentriert, daß sie darüber alles andere vergessen hatte – Brot, Kaffee, Orangensaft. Unbeholfen deckte sie die Rühreier ab und machte sich daran, den Rest des Frühstücks zu bereiten. Ich hätte ihr helfen sollen, ließ es aber bleiben. Ich war zu sehr mit der Frage beschäftigt, wie ich der alten Frau schonend die Affäre zwischen Ginger und Harry beibringen konnte.

Doch erst einmal frühstückten wir inmitten des Durcheinanders auf dem Tisch. Das Rührei war kalt, der Kaffee dünn, das Brot trocken.

Als wir fertig waren, stieß Jo einen tiefen Seufzer aus, als würde sie jetzt schon wissen, daß sie mit einer so komplizierten Angelegenheit wie einem Frühstück über längere Zeit nicht fertig werden konnte.

»Jo«, sagte ich und rückte meinen Stuhl näher zu ihr heran. »Ich möchte dir etwas sagen. Aber ich weiß nicht recht, wie ich anfangen soll. Ich will nicht, daß du …« Ich verstummte. Mir fehlten die Worte.

»Immer raus mit der Sprache. In meinem Alter kann mich nicht mehr viel erschrecken, Alice. Das müßtest du doch wissen.«

Ich stellte die Teller aufeinander, legte das Besteck darauf und sagte gerade heraus: »Ich glaube, Ginger hatte eine Affäre mit Harry.«

»Glaubst du?«

»Ja, glaube ich.«

»Und was soll ich dazu sagen?«

»Was du darüber weißt.«

»Ich weiß überhaupt nichts darüber«, erwiderte sie hastig und begann, den Tisch abzuräumen.

»Bitte, Jo. Sag mir, was du weißt.«

»Jetzt hör mir mal zu, Alice.« Jo lehnte sich gegen den Spülstein und nahm die Lederschürze ab. »Harry war ein wunderbarer, aber auch eigenwilliger Mann. Er hat sich für sehr viele Dinge begeistert. Ganz plötzlich war er Feuer und Flamme. Er konnte sich von einen Augenblick zum anderen zu einem Menschen hingezogen fühlen oder einem Tier oder einem Haus – zu allem möglichen. Und dann schenkte er der Person, dem Tier oder dem Gegenstand seine ganze Aufmerksamkeit. Harry war ein Menschenfreund. Viele Leute haben ihn geliebt – und Harry hat viele Leute geliebt. Aber daß er und das Mädchen miteinander geschlafen haben … nein, das glaube ich nicht.«

»Warum nicht?«

»Weil er es mir gesagt hätte«, erwiderte sie gereizt.

»Von dem Geld hat er dir auch nichts gesagt«, bemerkte ich.

Jo hatte die Schürze ausgezogen. Sie wandte sich um und blickte aus dem Fenster, um mir nicht ins Gesicht schauen zu müssen. Offensichtlich war sie sehr wütend auf mich und versuchte, ihren Zorn unter Kontrolle zu bekommen.

»Möchtest du noch Kaffee?« fragte sie mit kühler Stimme. Ich schüttelte den Kopf. Es war ein schrecklich peinlicher Augenblick. Aber ich hatte das Richtige getan. Ich war ja nicht hierher gekommen, um Jo zu bemuttern.

»Sieh dir nur an, wie düster es draußen ist«, erklärte Jo und schüttelte nun ihrerseits den Kopf, als wäre die ganze Welt aus den Fugen geraten.

»Vielleicht klart es auf«, lautete mein äußerst intelligenter Kommentar. »Vielleicht haben wir heute nachmittag schönes Wetter.«

»Ich möchte dir Harrys Papiere zeigen«, sagte Jo plötzlich. »Die Briefe. Die Rechnungen. Alles.«

Erleichtert stand ich auf. Gemeinsam gingen wir durch die lange Küche in einen angrenzenden Vorratsraum. Von zwei kleinen, verstaubten Fenstern flankiert, führte im hinteren Teil des Raumes eine Tür auf den Hof.

Das kleine Zimmer war vollgepackt mit aufeinandergestapelten Pappkartons. Zwischen den Kartonsäulen lagen in heilloser Unordnung Seile, alte Stiefel, Töpfe und Pfannen und Stapel von Kleidern, die offensichtlich seit Jahren nicht mehr getragen worden waren. Jo öffnete einen der Kartons und winkte mich zu sich, daß ich einen Blick hinwarf. Der Karton war voller Papiere: Briefe, Rechnungen und andere Unterlagen. An einer Seite des Kartons befand sich ein Aufkleber, auf dem in verblassender Farbe ›1984‹ stand.

»Er hat alles aufbewahrt«, sagte Jo. »Einfach alles. Es ist in diesen Kartons. Harry hat nie irgend etwas weggeworfen, nicht den kleinsten Notizzettel …«

Ich sah, daß sich auf jedem Karton ein Aufkleber befand, der mit einer Jahreszahl beschriftet war. Zwischen den Kartons lagen große braune Umschläge, die ebenfalls Datumsaufschriften trugen. Aber es gab keinerlei erkennbare Ordnung. Im trüben Licht einer nackten Glühbirne an der Decke sah ich, daß alles wild verstreut in dem kalten, feuchten Zimmer lag.

»Ich werde das alles ins Wohnzimmer bringen. Dort können wir es durcharbeiten, sobald du bereit bist«, sagte Jo zögernd.

Wir wußten beide, daß uns eine sehr problematische Aufgabe bevorstand. Alle diese Unterlagen konnten sich als wertlos erweisen, was den Schlüssel zu Harrys Ermordung betraf. Und selbst wenn wir zwei, drei Papiere fanden, in denen die Quelle von Harrys plötzlichem, kürzlich entdecktem Vermögen erwähnt wurde – woran sollten wir sie erkennen?

»Sieh mal«, sagte Jo und zog einen Packen Fotos aus einem Karton, der die Jahreszahl ›1975‹ trug. Sie blätterte die Fotos durch, hielt dann eins in die Höhe. »Das ist Harry mit ein paar Freunden in Vermont. Schau dir mal die Veranda des Hotels an ... so romantisch ... siehst du die Schaukelstühle?«

Jo wartete gar nicht erst auf eine Antwort, sondern schob die Fotos zurück in den Karton. Sie zitterte und war den Tränen nahe.

»Ich fange morgen damit an, Jo«, sagte ich und wandte mich zum Gehen. Ich wollte raus aus diesem Raum, der voller Erinnerungen an Harry war und Jo so viel Schmerz bereitete.

Mit einer Handbewegung gebot sie mir, zu bleiben; dann sagte sie: »Und wenn Harry mich zum erstenmal im Leben belogen hat? Was das Geld betrifft? Oder wenn er es mir nur deshalb verschwiegen hat, um mich vor irgend etwas Schrecklichem zu beschützen? Was ist, wenn Harrys einzige Lüge mir gegenüber an seinem Tod schuld war?«

Jemand rief aus der Küche Jos Namen. Es war das langhaarige Faktotum, der alte Amos. Wieder rief er Jos Namen; dann irgend etwas, das wir nicht verstehen konnten. Jo zuckte mit den Achseln und ging in die Küche. Ich folgte ihr.

Amos war bleich wie ein Gespenst. Er hatte die

Hände hinter dem Hals verschränkt, als wollte er irgendeine ausgefallene gymnastische Übung versuchen.

»Was ist denn mit dir los, Amos?« fragte Jo in einer Mischung aus Zorn und Besorgnis.

»Ich bin vorhin ein Stück die Straße runtergegangen«, sagte Amos mit kratziger, brüchiger Stimme, »da haben die Leute mir erzählt, daß schon wieder was passiert ist. Gestern abend wurde Mona Aspen ermordet, genau wie Mr. Starobin. Jemand hat sie ermordet und an die Tür gehängt.«

6

Sämtliche Heizkörper in dem Cottage liefen auf Hochtouren, doch es war bitterkalt. Was für eine seltsame Art und Weise, Silvester zu verbringen, ging es mir durch den Kopf. Ich saß in einem Schaukelstuhl, in zwei Decken gehüllt, wie die alte Frau eines Walfängers in New Bedford, die auf die Flut und die Rückkehr ihres Mannes wartet. Bushy lag auf dem Rücken vor einem der Heizkörper. Pancho umrundete vorsichtig das Zimmer und konnte es noch immer nicht fassen, daß es hier keine hohen Schränke gab.

Der kleine Reisewecker neben dem Bett zeigte 23 Uhr 25. Wann hatte ich eigentlich das letzte Mal einen schönen Silvesterabend verbracht? Es war lange her, erinnerte ich mich. Damals hatte ich erst zwei Jahre in New York gewohnt. Ich war auf einer Party in West Village gewesen, die von jungen Schauspielern und Schauspielerinnen und Bühnenbildnern und Schriftstellern besucht worden war – alle hungrig auf Erfolg, ehrgeizig und voller Hingabe an ihren Beruf. Während ich vor und zurück schaukelte, rief ich mir die Wohnung in Erinnerung, das Essen, die Drinks, doch ich konnte mich an keinen einzigen Namen erinnern. Wo sie jetzt wohl alle sein mochten?

Jemand klopfte an die Tür und riß mich aus meinen Träumereien. Für einen Augenblick hatte ich Angst. Dann hörte ich Jo meinen Namen rufen. Sie kam mit einer Flasche und mehreren großen Umschlägen herein.

»Ich konnte an Silvester einfach nicht allein sein«, sagte sie. »Ich habe eine Flasche alten Tafelwein gefunden.«

Ich ging in die kleine Küche und holte zwei Gläser. Der Wein schmeckte furchtbar; aber was machte das schon. Jo ließ sich in den Schaukelstuhl fallen, und ich setzte mich aufs Bett.

»Letztes Jahr an Silvester«, sagte Jo, »haben Harry und ich eine ganze Flasche Birnenschnaps getrunken ...« Sie hielt inne und schaukelte. »Na ja«, fügte sie nach einer Weile hinzu, »es könnte auch vorletztes Jahr gewesen sein.« Sie lachte hysterisch auf. »Aber nun wird es nie wieder Birnenschnaps geben ... nicht wahr?«

Pancho umrundete den Schaukelstuhl. Jo stellte das Glas auf eine Lehne, bemerkte, daß es dort ziemlich wacklig stand, und setzte es auf den Boden. Pancho ergriff panisch die Flucht.

»Ich habe mir gedacht«, sagte sie und tippte mit den Fingern auf die Umschläge, die auf ihrem Schoß lagen, »wir fangen heute abend an, Harrys Papiere durchzusehen.«

Sie stand auf, kam zum Bett, legte die Umschläge

neben mich und ging zurück zum Schaukelstuhl. Ich sah die Beschriftung des obersten Umschlags: ›1980 – 1981‹.

Jos Ansinnen verblüffte mich, gelinde gesagt. Schließlich war heute Silvester, und Mitternacht war nicht mehr fern. Außerdem hatte Jo den Wein mitgebracht und wollte Gesellschaft haben. Das war wirklich nicht der richtige Zeitpunkt, sich durch Berge alter Briefe zu wühlen.

Ich schaute Jo skeptisch an. Sie erwiderte meinen Blick – trotzig, ein bißchen verängstigt und ein bißchen bittend.

Plötzlich wurde mir klar, warum sie mir die Briefe gegeben hatte. Falls ihre Nachbarin – diese Mona Aspen – auf die gleiche Art und Weise ermordet worden war wie Harry, konnte das bedeuten, daß die Polizei recht hatte. Vielleicht streifte wirklich eine Bande gemeingefährlicher Diebe in dieser Gegend herum und brach auf der Suche nach Wertsachen in die Häuser ein. Vielleicht war Harrys Ermordung wirklich ein unglücklicher Zufall gewesen, und er hatte sich zur falschen Zeit am falschen Ort aufgehalten. Doch Jo wollte nicht daran glauben.

Ich öffnete einen der Umschläge und nahm die Papiere heraus. Zuerst war da ein Brief in einem zerfledderten Umschlag. Eine Frau aus Kalifornien hatte ihn an Harry geschrieben und ihn um Rat gebeten, was die Aufzucht ihrer beiden Russisch-Blau-Katzen betraf. Die Handschrift der Frau war schwer zu entziffern. In der oberen rechten Ecke des Briefes entdeckte ich ein Zeichen: den Vermerk Harrys, daß er das Schreiben beantwortet hatte; darunter stand das Datum.

Der nächste Brief war die schriftliche Anfrage eines Mannes aus Madison, New Jersey, der Harry auf einer Katzenausstellung in Philadelphia kennengelernt hatte und ein vergriffenes Buch über Augenerkrankungen von Katzen brauchte. Ob Harry wisse, wo er sich ein Exemplar des Buches besorgen könne? Wieder entdeckte ich ein Zeichen Harrys in einer Ecke des Briefes, das darauf hindeutete, daß er dem Mann geantwortet hatte; aber es gab keinerlei Hinweis darauf, wie diese Antwort ausgesehen hatte. Ich nahm das nächste Stück Papier – einen Zettel, der an einem Zeitungsausschnitt befestigt war –, als ich Jo sagen hörte: »Hör mal, Alice, ich wollte nicht, daß du sofort mit der Arbeit anfängst. Ich dachte ... ich finde, wir sollten den Wein trinken, wenigstens bis Mitternacht.«

»Das finde ich auch«, sagte ich und legte den Zeitungsausschnitt aufs Bett.

Jo begann hektisch zu schaukeln. Sie schloß die Augen und sagte: »Mona Aspen war eine wunderbare Frau. Hast du das gewußt?«

»Ich kannte sie überhaupt nicht«, erwiderte ich.

»Ich dachte, du wärst vielleicht mal bei ihr gewesen, um dir ihre Pferde anzuschauen.«

»War sie Pferdezüchterin?«

»Nein. Monas Farm liegt ein Stück die Straße runter. Es ist eine Art ... Erholungsfarm für Rennpferde. Viele Trainer haben ihre kranken oder erschöpften Tiere zu Mona geschickt, und Mona hat sie gesund gepflegt. Vor vielen Jahren gab es eine ganze Reihe Pferdefarmen in dieser Gegend – Zuchtfarmen, Gestüte und alle Arten von Pferden. Zum Schluß war nur noch Monas Pferdefarm übrig.«

Ich schaute auf die Uhr. Wir hatten den Jahreswechsel verpaßt. Frohes neues Jahr.

»So eine wunderbare, nette Frau«, sagte Jo. »Sie war Harry und mir eine gute Freundin.«

»Was ist mit ihrem Mann? Lebt er noch?« fragte ich; denn ich konnte mich erinnern, daß Amos, der alte Hausmeister, in seinem zusammenhanglosen, hektischen Bericht über den Mord an Mona Aspen einmal von *Mrs.* Aspen gesprochen hatte.

»Weiß ich nicht. Ich glaube, er lebt in Connecticut ... oder lebte dort. Die beiden waren seit einer halben Ewigkeit geschieden. Monas Neffe und seine Frau haben bei ihr auf der Farm gewohnt.«

»Wie alt war Mona Aspen?« fragte ich.

»Oh, ungefähr fünf Jahre jünger als ich. Aber sehr viel kräftiger. Sie hat noch selbst die Ställe ausgemistet.«

»Hatte sie in ihrem Haus Wertgegenstände aufbewahrt?«

»Nein, glaube ich nicht. Doch, Moment mal – Antiquitäten. Ja, Mona besaß viele alte Gegenstände. Vasen, Schreibpulte, Gemälde und so was. Mona war ganz versessen auf Pferdegemälde. Aber ich weiß nicht, ob sie wertvoll waren.«

Dann versank Jo in erinnerungsvolle Träumereien. Für einen Augenblick wandte ich mich wieder den Unterlagen zu, die auf der Bettdecke lagen; dann legte ich mich zurück. Mir stand nicht der Sinn danach, das alles durchzusehen. Ich war müde, und mir war kalt.

»Ich muß jetzt zurück ins Haus«, sagte Jo ein bißchen widerwillig. Aber sie machte keine Anstalten, aus dem Schaukelstuhl aufzustehen.

Nach einer Weile sagte sie: »Kommst du morgen zu

Monas Beerdigung? Es wird nur eine kleine, kurze Trauerfeier.«

Ich nickte. Jo erhob sich und lächelte auf mütterliche, beinahe glückselige Weise; dann verließ sie mit der leeren Weinflasche das Cottage.

Ich zog mich aus. Dabei bemerkte ich, daß ich meinen Wintermantel an den Haken innen an der Tür gehängt hatte. Genauso, wie die Killer Harry aufgehängt hatten, nachdem sie ihn gefoltert hatten. Der Mantel mußte da runter. Falls ich in der Nacht aufwachte und den Mantel in der Dunkelheit an der Tür hängen sah, kam es garantiert zu einer häßlichen Panikreaktion. Ich nahm den Mantel vom Haken und legte ihn über die Lehne des Schaukelstuhls.

Was für ein seltsamer kleiner Friedhof! dachte ich. Die Grabsteine waren uralt und verwittert, die Inschriften kaum mehr zu entziffern. Der Friedhof befand sich hinter einem riesigen neuen Einkaufszentrum unmittelbar an der Hauptverkehrsstraße, die in Ost-West-Richtung verlief. Ein starker, wechselnder Wind peitschte das aufgeschossene Unkraut gegen die Beine der neun oder zehn Trauergäste. Ein Priester, der sich einen dicken Schal um den Hals geschlungen hatte, sprach vor dem offenen Grab ein paar Worte. Zwei Männer mit Schaufeln und ein weiterer mit einer kleinen Harke standen etwa zwanzig Meter hinter der Trauergesellschaft und warteten auf das Ende der Zeremonie. Einer der Männer rauchte eine Zigarette in der hohlen Hand.

Jo klammerte sich an meinem Arm fest. So dicht an meinem Ohr, daß ich ihre Lippen spüren konnte, sagte sie mit verzweifelter Flüsterstimme: »Ich bin froh, daß ich Harrys Wunsch erfüllt habe. Keine Beerdigung. Kein Begräbnis. Ich habe ihn kremiert und seine Asche auf dem Kies des Zufahrtswegs von der Straße zu unserem Haus verstreut. Ich hätte es nicht überlebt, ihn hier beerdigen zu lassen.«

Der Gedanke kam mir makaber vor. Ich schauderte, als ich daran dachte, daß ich jedesmal, wenn ich zum Haupthaus ging, auf Harry herumtrampelte und ihn tiefer in die Vergessenheit trat.

Als der Priester mit dem letzten Gebet begann, klammerte Jo sich noch immer an meinem Arm fest. Er wurde bereits taub, da die Blutzufuhr unterbrochen war, doch ich brachte es nicht übers Herz, den Arm wegzuziehen.

»Mein Gott, Alice«, sagte Jo, und ihre Stimme brach. »Mona war uns eine so gute Freundin ... mir und Harry und Ginger. Was für eine wundervolle, liebe Frau sie gewesen ist!«

Bald darauf endete die Zeremonie. Wir gingen am offenen Grab vorbei, schaufelten etwas Erde auf den Sarg und machten uns auf den Weg zurück zum Wagen. Ein Paar holte uns ein und fing mit Jo ein Gespräch an. Ich kam mir fehl am Platze vor und ging voraus, um am Auto auf Jo zu warten.

Ein großer Mann lehnte am Kotflügel. Es war Detective Senay. Ein weiterer Kripobeamter in Zivil saß in einem Wagen, der neben dem Eingang zum Friedhof geparkt war.

»Arbeiten Sie mal wieder als Catsitterin?« fragte Senay.

»So was ähnliches.«

»Haben Sie die Liste von Mrs. Starobin bekommen?«

»Was für eine Liste?« fragte ich.

»Die Aufstellung der Wertsachen.«

»Nein.«

»Wissen Sie, Mrs. Aspens Neffe arbeitet mit uns zusammen. Ich verstehe nicht, warum Starobins Witwe nicht ebenfalls mit uns kooperiert.«

»Vielleicht, weil sie keine Wertsachen im Haus hatte, Detective.«

»Wonach haben die Diebe dann gesucht? Nach Hühnersuppe?«

Ich wollte ihm gerade sagen, daß Jo nicht daran glaubte, daß Harry das zufällige Mordopfer bei einem Einbruchsdiebstahl geworden war, ließ es aber bleiben. Statt dessen fragte ich: »Sind beide Morde auf die gleiche Art und Weise verübt worden?«

»So ziemlich. Mona Aspen wurde mit einem stumpfen Gegenstand erschlagen. Wir werden die Täter fassen. Schließlich müssen sie ihr Diebesgut verkaufen. Wir kriegen sie! Aber wir könnten sie schneller erwischen, wenn Mrs. Starobin uns helfen würde.«

»Fragen Sie sie selbst. Ich arbeite ja nicht für die Kriminalpolizei des Nassau County«, erwiderte ich.

»Ich habe sie bereits gefragt, und ich werde sie immer wieder fragen. Übrigens, für wen arbeiten Sie eigentlich, Mrs. Nestleton?«

»Miss Nestleton. Ich bin nicht verheiratet.«

»Zu schade.«

»Was Sie nicht sagen.«

»Wissen Sie, wenn ich an Sie denke, habe ich ein seltsames Gefühl«, sagte er, nahm den Hut ab und wechselte ihn von einer Hand in die andere.

»Das ist Ihr Problem, Detective.«

Er nickte, lächelte, winkte mir zu und ging zu dem Wagen, in dem sein Kollege saß.

Jo und ich fuhren schweigend zurück zum Haus. Mein kurzes Gespräch mit Senay erwähnte ich nicht. Als wir uns der Zufahrt zum Haus näherten, fragte Jo: »Glaubst du, daß Monas Neffe im Schließfach seiner Tante das gleiche findet, das ich in Harrys Schließfach gefunden habe?«

Die Logik, die in dieser Frage steckte, war so verblüffend, daß ich trotz meines Unbehagens beinahe laut gelacht hätte. Warum nicht? dachte ich.

Die Gelegenheit, Jo zu antworten, bekam ich jedoch nicht, denn plötzlich sagte sie: »Wie dumm von mir! Falls Mona so viel Bargeld besessen hat, dann hat sie es vermutlich ihrem Neffen gegeben, damit der seine Spielschulden bezahlen kann. Der junge Mann ist ein fanatischer Spieler und hat immer schon in Schwierigkeiten gesteckt. Die arme Mona hat nur den Dreck hinter ihm weggeräumt, so gut sie konnte. Der junge Bursche sieht aus wie ein Gentleman und redet auch so. Aber glaub mir, er hat es faustdick hinter den Ohren.«

Wieder lachte sie, diesmal leiser und ein bißchen verbittert. Dann fuhr sie fort: »Harry hat immer gesagt, daß wir alten Familien auf Long Island wie Blumen auf einem Komposthaufen sind. Schön anzuschauen; aber darunter wimmelt es von Maden.«

Dort, wo der Pfad zur Hütte begann, setzte Jo mich ab. Als ich über den schmalen Weg ging, sah ich Amos, den alten Hausmeister. Er lehnte an einer Leiter, die vor der Garage stand, und starrte mich an. Er sagte nichts, lächelte nicht, winkte mir nicht zu. Der Mann war mir unheimlich. Ich mochte ihn nicht, und ich glaube, die Abneigung beruhte auf Gegenseitigkeit.

Ich betrat das Cottage und fütterte die Katzen. Sie waren unglücklich und spielten die Beleidigten. »Gewöhnt euch daran, meine Freunde«, sagte ich. »Mama muß ihren und euren Lebensunterhalt verdienen.« Dann aber seufzte ich, gab nach und versprach Pancho eine Schüssel Saffranreis, sobald wir nach Manhattan zurückgekehrt waren.

In den nächsten beiden Stunden versuchte ich, das kleine, beengte Cottage ein bißchen wohnlicher zu gestalten. Während ich mich damit beschäftigte, hatte ich immer deutlicher das Gefühl, irgend etwas Wichtiges vergessen zu haben. Ich machte mir eine Tasse Tee und setzte mich in den Schaukelstuhl. Bushy sprang mir auf den Schoß, um gekrault zu werden.

Es war irgend etwas, das Jo gesagt hatte. Das wußte ich genau …

Als die Stunden vorüberzogen, nagte dieses Irgend etwas immer quälender in meinem Innern. Ich schloß die Augen und ließ die Gespräche, die ich in den letzten vierundzwanzig Stunden mit Jo geführt hatte, Revue passieren. Ich spürte, daß ich den Schlüssel fast schon in der Hand hielt – doch immer, wenn ich nach ihm greifen wollte, entglitt er mir, wie der Name eines alten Freundes oder eines alten Restaurants.

Wie immer kam mir die Erleuchtung genau in dem Augenblick, als ich aufgab, mir das Hirn zu zermartern. Ich wusch gerade mit einem der Spültücher, die Jo mir freundlicherweise überlassen hatte, das Geschirr ab.

Am Silvesterabend hatte Jo mir gesagt, was für eine gute Freundin Mona Aspen ihr und Harry gewesen sei. Doch auf dem Friedhof hatte Jo mir gesagt, was für eine wundervolle Freundin Mona ihr, Harry *und* Ginger gewesen sei.

Natürlich brauchte das rein gar nichts bedeuten. Aber es konnte sehr, sehr wichtig sein. Zwei Menschen waren brutal ermordet worden, und ein Stallmädchen war des einen Freundin und des anderen Liebhaberin gewesen.

Ich mußte herausfinden, wohin Ginger verschwunden war.

7

Jo und ich saßen am Küchentisch. Vor uns stand ein Karton mit der Aufschrift ›1985‹. Neben dem Karton lagen Stapel von Papieren; daneben standen zwei leere Kaffeetassen und ein Teller mit Toasts, die weder Jo noch ich angerührt hatten. Wir waren seit etwa einer Stunde an der Arbeit und hatten eine Art Suchmethode entwickelt: Eine von uns nahm einen Brief Harrys, eine Rechnung oder einen Zettel, überflog, was darauf stand, und las den Inhalt dann kurz der anderen vor. War das Schriftstück unverdächtig, gingen wir zum nächsten über.

Jo trug Harrys alte Jacke von der Freiwilligen Feuerwehr; in ihrem Haus war es bitterkalt. »Dieser Detective hat heute früh kurz vorbeigeschaut, als ich im Stall war«, sagte sie. »Es muß so gegen sieben Uhr gewesen sein. Er belästigt mich fortwährend wegen dieser Liste.« Sie hielt inne und blickte auf eine ihrer Himalayan-Katzen.

Dann fuhr sie fort: »Immer wieder sage ich dem Mann, daß nichts gestohlen wurde. Aber er will mir einfach nicht glauben. So langsam wird der Kerl mir unsympathisch. Er ist verschlagen. Er hat mich gefragt, ob Mona und Harry geschäftlich miteinander zu tun hatten. Dann wollte er sogar wissen, wie ihr privates Verhältnis gewesen ist. Also wirklich, es gefällt mir nicht, wie der Mann das Wort ›Verhältnis‹ benutzt hat. Als hätten die beiden zur Mafia gehört.«

Ich lachte. Harry als Mafioso? Das war allerdings ein sehr komischer Gedanke. Doch Senays Nachforschungen interessierten mich nicht besonders. Viel mehr interessierte mich Ginger.

»Was hast du eigentlich gemeint, Jo, als du gestern gesagt hast, Mona Aspen und Ginger wären gute Freundinnen gewesen?«

»Na ja, sie *waren* gute Freundinnen. Mona hat Ginger zu uns geschickt, als das Mädchen auf Arbeitssuche war.«

»Da komme ich nicht ganz mit, Jo. Hat Ginger bei Mona gewohnt?«

»Das weiß ich nicht mehr. Schon möglich. Jedenfalls waren die beiden Freundinnen. Als Ginger schon längere Zeit für mich arbeitete, ging sie immer wieder mal zu Mona rüber, um ihr zu helfen, wenn sie die Arbeit allein nicht schaffte. Wenn ein Pferd schwer krank war oder wenn der Hufschmied kam.«

»Wie heißt Ginger mit Nachnamen?«

Jo lehnte sich zurück und machte eine unwirsche Handbewegung. »Ich kann mich nicht daran erinnern. Warum stellst du mir eigentlich all diese Fragen über Ginger?«

Ich wartete einen Augenblick, bis Jo sich halbwegs beruhigt hatte. »Wo hat Ginger gewohnt, als sie für dich gearbeitet hat?« fragte ich dann.

»Keine Ahnung. Nicht weit von hier. Die meiste Zeit hat sie sowieso im Stall geschlafen.«

»Jo«, sagte ich so behutsam wie möglich, damit es

sich nicht wie eine Forderung anhörte – wenngleich ich bereit war, meine Bitte zur Forderung zu machen, sollte Jo sich als widerstrebend erweisen. »Ich möchte mit Ginger reden.«

Die Frage erstaunte sie. »Wie denn? Ich weiß doch gar nicht, wo sie ist.«

»Wer könnte es denn wissen?«

»Nick, vielleicht.«

»Wer ist Nick?«

»Nicholas Hill. Monas Neffe. Du hast ihn auf der Beerdigung gesehen.«

»Können wir zu ihm? Jetzt gleich?«

Jo platzte der Kragen. »Hier liegt das Geheimnis um Harrys Ermordung begraben!« rief sie und schlug mit der Hand auf die Stapel alter, vergilbter Briefe, Notizen und Rechnungen.

»Beruhige dich, Jo. Soll ich dir mal was sagen? Ich habe das ungute Gefühl, daß Ginger diejenige Person ist, die Harry und Mona am besten gekannt hat. Verstehst du, was ich meine?«

Jo schüttelte den Kopf und wich meinem Blick aus. »Wie kann man nur so etwas Grausames sagen«, murmelte sie.

Es war grausam. Aber ich hatte keine Wahl. Und ich war auf der Siegerstraße.

Denn plötzlich hellte sich Jos Gesicht auf. »Moment mal«, sagte sie, »jetzt fällt mir Gingers Nachname wieder ein. Sie hieß Mauch. Ginger Mauch.« Dann fügte sie mit müder Stimme hinzu: »Also gut. Laß uns zu Nick fahren. Ich möchte keinen Streit mit dir, Alice. Wir brauchen einander.«

Es war eine kurze Fahrt von der heruntergekommenen Starobin-Farm bis zum gepflegten, frisch gestrichenen Gebäudekomplex, den bis vor kurzem Mona Aspen besessen hatte. Ich folgte Jo über ein umzäuntes Feld zu den Pferdestallungen. Nicholas befand sich in einem der Stallgebäude und reinigte geschickt eine Schaufel. Als wir den Stall betraten, konnte ich die Köpfe der Rennpferde sehen, die gelassen aus ihren Boxen spähten. Einige fraßen Heu aus Netzen, die in Kopfhöhe vor die Boxentüren gehängt waren.

Nicholas war ein Mann mittleren Alters mit ergrauendem Haar. Selbst jetzt, bei der Arbeit, war er gut gekleidet. Er nickte uns zu, reinigte aber die Schaufel weiter.

Ich dachte daran, daß Jo ihn als ›besessenen Spieler‹ bezeichnet hatte. Er sah aber nicht wie ein Mann aus, der beim Pferderennen große Summen verwettete. Andererseits sah ich nicht wie eine Frau aus, die ihren Lebensunterhalt durch Catsitten bestritt. Nicholas hämmerte das Schaufelblatt auf den Boden, um noch mehr von dem festgebackenen Lehm abzuklopfen. Seine Hände waren groß und kräftig.

Ein Schlapphut mit einer Fasanenfeder unter dem Hutband saß gefährlich schief auf seinem Kopf. In Anbetracht der Tatsache, daß wir Winter hatten, war es eine seltsame Kopfbedeckung.

»Wir sind auf der Suche nach Ginger«, sagte Jo in fröhlichem Plauderton.

Nick ließ die Schaufel fallen und musterte sie nachdenklich, als wäre er mit seiner Reinigungsarbeit nicht zufrieden. Dann blickte er auf, lächelte Jo an, zog einen Handschuh aus und blies sich auf die Finger. Seine Bewegungen waren ruhig und überlegt.

»Ist schon eine Weile her, seit ich Ginger das letzte

Mal gesehen habe. Ungefähr eine Woche, bevor sie von Ihnen fortgegangen ist«, erwiderte er schließlich.

»Wissen Sie, wo Ginger jetzt wohnt?« erkundigte ich mich.

Wieder lächelte er Jo an, als würden nur sie beide wissen, daß ich soeben eine dumme Frage gestellt hatte – wie man es von einem Stadtmenschen allerdings nicht anders erwarten konnte.

»Ich habe keine Ahnung«, antwortete er, »obwohl Ginger früher eine Zeitlang bei uns gewohnt hat. Aber was besagt das schon? Meine Tante hat viele verletzte Tiere *und* Menschen aufgenommen und gepflegt ... Ginger war nur einer davon. Das war nun mal Monas Art. Verletzte Menschen. Verletzte Tiere. Steig aus dem Wagen, Nicholas, sagte sie immer, und sieh nach, ob das angefahrene Eichhörnchen oder der Vogel oder was auch immer noch lebt. Meist war das Tier schon über eine Woche tot.«

Ich konnte an seiner Stimme erkennen – sie war mal liebevoll, mal anklagend –, daß es lange Zeit dauern würde, bis Nick den Tod seiner Tante verwunden hatte.

»Jedenfalls«, fuhr er fort und schaute dabei immer noch Jo an, »als Ginger bei den Starobins zu arbeiten anfing, bekam sie eine eigene Unterkunft. Nein, Moment mal. Das war vorher. Ich kann mich erinnern, daß sie eine Zeitlang von Hof zu Hof wechselte, weil sie meinen Lieferwagen öfters an die Farmer ausgeliehen hat. Wissen Sie, ich habe nicht mehr als zehn Worte mit dem Mädchen gewechselt.«

Das kam mir sehr seltsam vor. Warum hatte Nick die letzte Bemerkung gemacht? Es hörte sich an, als würde er in irgend etwas hineingezogen, *hätte* er mit Ginger geredet.

Wovor hatte er Angst? Ich traute Monas Neffen nicht über den Weg.

Den Stallgang hinunter wieherte eines der Pferde in seiner Box; dann folgten zwei, drei, vier explosionsartige Geräusche, wie Gewehrschüsse. Erschreckt trat ich zurück und bewegte mich in Richtung Stalltor.

»Keine Angst«, sagte Nicholas, »das war nur das neue Fohlen, das man von der Pferderennbahn in Philadelphia hierher gebracht hat. Augenentzündung – nichts Ernstes. Aber es spielt öfters verrückt. Es macht ihm Spaß, gegen die Wände der Box zu treten.«

Ein kalter Windstoß fuhr durch den Stallgang und stach in unsere Augen und Ohren. Nick versuchte, seinen Hut tiefer in die Stirn zu ziehen. »Im Haus habe ich Kaffee, Jo. Wie wär's mit einer Tasse?« fragte er.

Als Jo den Kopf schüttelte, fragte ich: »Haben Sie eine Vermutung, wo Ginger sich aufhalten könnte?«

»Na ja, sie war mit einem Burschen namens Bobby Lopez befreundet. Er arbeitet an der Chevron-Tankstelle unten an der Route 106. Wissen Sie, wo das ist?«

Jo nickte und lächelte Nicholas an; dann gingen wir zum Wagen zurück.

Wir hatten kaum zwanzig Schritt gemacht, als Nick rief: »Jo!« Wir drehten uns um. Er stand da, auf den Stiel der Schaufel gestützt. Sein Gesicht war vom Wind gerötet. »Glauben Sie, daß wir den Winter überleben, Jo?«

Für einen Augenblick starrte Jo ihn wie betäubt an; dann ging sie mit schnellen Schritten zu ihm. Ich sah, wie die beiden sich schluchzend umarmten. Ich wandte mich ab. Ich wollte ihre gemeinsame Trauer nicht stören – doch ich sehnte mich danach, bei ihnen zu sein, sie zu umarmen und umarmt zu werden. Es war verrückt. Was hatte Harry – und besonders Mona – mir bedeutet? Oder ich ihnen? Und dennoch hüllten diese beiden Mordopfer mich mehr und mehr ein, immer enger, auf eigenartige Weise, als wären sie immer schon ein Teil von mir gewesen und als würde eine andere Alice Nestleton sich danach sehnen, Teil von ihnen zu sein. Die ganze Sache war gespenstisch und verwirrend.

Minuten später trafen wir Bobby Lopez in der Werkstatt der Chevron-Tankstelle an. Er trank Kaffee, und zu seinen Füßen lag eine riesige Promenadenmischung mit Schlappohren und wälzte sich von einer Seite auf die andere.

Bobby hatte ein hübsches Gesicht mit tiefliegenden, mandelförmigen Augen. Seine Hände und Arme waren voller blauschimmerndem Schmieröl. Er schien über unser Auftauchen ganz und gar nicht glücklich zu sein, doch er beantwortete unsere Fragen prompt und unumwunden. Ja, sagte er, er kenne Ginger. Nein, sagte er, er habe sie seit Wochen nicht gesehen. Ja, sagte er, er wisse, wo sie jetzt wohne.

Doch als wir Bobby nach Gingers genauem Aufenthaltsort fragten, zögerte er zum ersten Mal. »Warum wollen Sie das wissen?« erkundigte er sich mißtrauisch.

Jo machte ihre Sache großartig. Sie log wie ein Theater-Impresario und erzählte Bobby, daß Ginger noch für eine Woche ausstehenden Lohn bekäme und daß sie dem Mädchen das Geld persönlich aushändigen wolle.

Bobby lächelte mit grimmiger Miene, zündete sich eine Zigarette an und streichelte den Hund. Er starrte erst Jo an, dann mich. Er schien uns nach einem nur ihm bekannten Maßstab einzuschätzen.

Schließlich sagte er: »Sie wohnt in der Tarbon-Bar in Oyster Bay Village. Direkt an der einzigen Kreuzung in dem Kaff. Sie können es gar nicht verfehlen ... sofern Sie es nicht darauf anlegen.«

Daß Bobby Gingers neuen Wohnort kannte, paßte zu Nicks Bemerkung, daß die beiden sich sehr nahe standen, vermutlich sogar ein Liebespaar waren. Jo fragte: »Wo haben Sie Ginger kennengelernt?« Ihre Stimme klang so ungläubig, daß Bobby zornig wurde. Er verstand, was Jo meinte: Wie konnte ein so nettes Mädchen wie Ginger sich mit einem Mechanikerlehrling einlassen? Jo machte aus ihren Klassenvorurteilen wirklich keinen Hehl.

»An der Aqueduct-Pferderennbahn, Lady. Wir haben beide für Charlie Coombs gearbeitet.«

Bobby Lopez hatte recht. Wenn man durch die Ortsmitte von Oyster Bay Village fuhr, konnte man die Tarpon-Bar wirklich nicht verfehlen. In einem Türeingang neben der Bar entdeckten wir Ginger Mauchs Namensschild auf einem Briefkasten.

Auf einer sehr wackeligen Treppe stiegen wir ins Obergeschoß. Die Treppenabsätze brauchten dringend einen neuen Anstrich. Die Fußböden waren mit rissigem Linoleum ausgelegt. Die Türen, hinter denen sich die Zimmer befanden, waren verzogen.

Ginger Mauch wohnte auf der dritten Etage in einem hinten gelegenen Zimmer. Die Tür stand weit offen. In dem einzigen großen Raum standen die wenigen Möbel in wirrer Unordnung. Der Schrank war offen und leer; die Schubladen der Kommode waren herausgezogen und ebenfalls leer.

Offensichtlich war Ginger in aller Eile ausgezogen.

In einer Ecke des großen Zimmers lag ein Haufen Gerümpel: Poster, Kleidungsstücke, Schallplatten und andere Gegenständen, die Ginger offenbar weggeworfen hatte, da sie die Dinge nicht für wichtig genug hielt, sie mitzunehmen. Ich entdeckte in dem Haufen ein paar ungeöffnete Suppendosen.

»Arme Ginger«, sagte Jo und setzte sich erschöpft auf einen Klappstuhl.

Ich stand vor einem Rätsel. Warum war das Mädchen so überstürzt ausgezogen? Hatte sie Angst gehabt? Vor was? Oder wem? Je mehr ich mich bemühte, das Stallmädchen zu begreifen, desto unbegreiflicher wurde ihr Verhalten.

Plötzlich stand Jo auf und ging zu dem Haufen Plunder hinüber, den Ginger zurückgelassen hatte.

»Hast du etwas Interessantes entdeckt, Jo?« fragte ich.

Mit dem Fuß zog Jo langsam irgend etwas aus dem Haufen heraus, so, als wäre es etwas Schmutziges. Es entpuppte sich als ein Foto von Harry Starobin, der vor dem Stall seiner Farm stand; um seinen Hals lag wie ein lebender Schal eine Katze mit roten und schwarzen Flecken auf weißem Fell: eine Calico-Katze. Harry lächelte sein wundervolles Lächeln.

»Mein Gott«, flüsterte Jo, »dieses Foto suche ich seit einem Jahr. Es ist eins der schönsten Bilder von Harry. Die Katze, die um seinen Hals liegt, ist Veronica, unsere Stallkatze. Harry hat mir gesagt, das Foto wäre verschwunden, aber er hat gelogen! Er hat es Ginger gegeben. Aber warum? Und nun läßt das Mädchen die Aufnahme einfach in diesem Müllhaufen zurück.«

Mit dem Fuß stieß sie das Foto zurück in den Berg

aus Gerümpel. Die Ränder des Bildes hatten sich verfärbt.

Ich bückte mich, um das Foto aufzuheben.

»Bitte, laß es liegen«, sagte Jo und setzte sich wieder auf den wackeligen Klappstuhl. Ihr Gesicht hatte alle Farbe verloren.

Ich ließ das Foto, wo es war, und schaute mich statt dessen im Zimmer um. Schließlich ruhte mein Blick auf den nackten Drahtkleiderbügeln im Schrank. Je rätselhafter Ginger wurde, desto deutlicher wurde mir bewußt, daß ich sie finden mußte.

»Hast du diesen Charlie Coombs gekannt?« fragte ich Jo, als ich mich an Bobby Lopez' Worte erinnerte.

»Den Trainer?«

»Er ist Trainer? Ich meinte den Mann, den Bobby Lopez erwähnt hat...«

»Ja. Charlie Coombs. Natürlich ist er Trainer. Ich kenne ihn. Er hat häufiger Pferde auf Monas Farm gebracht. Wie schon sein Vater vor ihm. Viele Trainer haben große Stücke auf Mona gehalten. Sie hatte ein Händchen für kranke Pferde, genauso, wie's Harry für alle möglichen Tiere hatte. Der alte Coombs hat Mona sogar angerufen, wenn er Probleme hatte, einen Jährling zu trainieren...«

Sie hielt inne; dann fügte sie mit erstickter Stimme hinzu: »Es hat den Anschein, als wären alle lieben, netten Menschen von uns gegangen.«

Ich ging zu Jo hinüber, nahm ihre Hand und drückte sie. »Komm mit mir nach Manhattan, Jo. Für ein, zwei Tage. Wir gehen zur Aqueduct-Rennbahn. Vielleicht weiß Charlie Coombs, wo Ginger sich aufhält. Wenn sie früher mal für ihn gearbeitet hat, ist sie vielleicht zu ihm zurückgekehrt.«

»Ich bin sehr müde, Alice«, sagte Jo.

»Aber Harry und Mona sind tot, Jo, und wir werden ihre Mörder weder in diesem Müllhaufen noch in Harrys Müllhaufen in eurem Vorratsraum finden.«

Für einen Augenblick blickte Jo mir ins Gesicht; dann schaute sie auf unsere verschränkten Hände. »Also gut, Alice. Warum nicht? Wozu sind alte Damen sonst zu gebrauchen?«

8

Ich saß in meiner Wohnung und beobachtete, wie Jo sich aufmerksam umschaute. Meine Wohnung faszinierte sie. Immer wieder ging sie von einem Ende zum anderen, nahm Gegenstände in die Hand, schaute sie an, stellte sie wieder hin. Ich konnte ihr großes Interesse nicht begreifen, besonders, da ein langer Tag hinter uns lag. War es möglich, daß eine erfahrene, kluge alte Frau wie Jo das Leben einer Schauspielerin für dermaßen aufregend und schillernd hielt, daß es sich in den Möbeln und allem möglichen Schnickschnack widerspiegelte? In meiner Wohnung jedenfalls gab es keinen solchen Gegenstand.

Schließlich setzte Jo sich aufs Sofa und sagte: »Tja, ich hoffe, daß alle unsere Katzen überleben. Als ich sie zum letzten Mal mit Amos allein gelassen habe, hatte ich Angst, er könnte sie aufessen.« Sie blickte auf Bushy hinunter, als würde sie sich gerade vorstellen, wie Amos sich ausmalte, Bushy in die Pfanne zu hauen.

Es war neun Uhr abends. Wir waren beide sehr müde, und Jo hatte angekündigt, daß wir uns am nächsten Morgen um halb sechs auf den Weg machen müßten, weil die Trainer ihre Pferde sehr früh zum morgendlichen Aufgalopp auf die Bahn brachten. Wenn wir Charlie Coombs erwischen wollten, mußten wir zeitig an der Rennbahn sein.

»Möchtest du einen Tee, Jo? Oder etwas Stärkeres?«

»Nichts, vielen Dank«, sagte sie und blickte sich wieder neugierig um. Dann lächelte sie. »Weißt du, Alice, ich hätte nie gedacht, daß deine Wohnung so aussieht.«

»Wie sieht sie denn aus, Jo?«

»Na ja, ziemlich ... konservativ.«

»Was hast du denn erwartet? Daß meine Wohnung so aussieht, als würden hier wilde Orgien gefeiert?«

»Ich weiß es selbst nicht genau.«

»Männer sind rar, Jo, wenn du das meinst. Jedenfalls heutzutage.«

»Aber du bist eine wunderschöne Frau«, erwiderte sie.

Ich wußte nicht, was ich darauf antworten sollte. Vielleicht wollte sie, daß ich ihr ein bißchen über meinen kurzen Ausflug in die Promiskuität erzählte. Aber das war lange her – nachdem meine Ehe in die Brüche gegangen war –, und ich konnte mich kaum noch daran erinnern. Außerdem ging es Jo nichts an.

Als ich sie wieder anschaute, weinte sie. Ich schloß die Augen und schlug sie erst wieder auf, als ich Jo sagen hörte: »Möchtest du mal was Lustiges hören, Alice? Als ich Harry geheiratet habe, war ich noch Jungfrau. Und ich bin nie mit einem anderen Mann ins Bett gegangen. Nur mit Harry. Sollte ich morgen oder übermorgen sterben, werde ich nie erfahren, ob es zwischen Harry und mir wirklich die große Liebe war ... oder nur Leidenschaft. Verstehst du, was ich meine, Alice?«

»Es ist noch nicht zu spät für dich«, witzelte ich – und ärgerte mich augenblicklich über diese dumme Bemerkung.

Jo lächelte mich an. »Oh, das glaube ich aber doch. Da bin ich mir ganz sicher.«

Bushy umrundete inzwischen das Sofa und fragte sich, ob er zu der fremden Frau hinaufspringen sollte, die seinen Lieblingsplatz in Beschlag genommen hatte. Er schaute abwechselnd wütend und verwirrt drein, wedelte mit dem Schwanz und stellte die Ohren auf.

Ich ging zum Wandschrank im Flur und nahm ein Kissen, eine Steppdecke und eine blaue Wolldecke heraus, die älter als ich war und noch von der Farm meiner Großmutter in Minnesota stammte. Ich legte die Kissen und Decken auf einen Stuhl neben dem Sofa; dazu ein sauberes Handtuch für Jo. Dann ging ich schlafen.

Als wir am nächsten Morgen an das Eingangstor der Pferderennbahn fuhren, stellten wir fest, daß es von uniformierten Wachtmännern versperrt wurde, die sich als sehr mißtrauisch erwiesen. Ich weiß selbst nicht warum, aber ich hatte damit gerechnet, daß das Tor geöffnet war wie der Haupteingang eines Einkaufszentrums. Nun aber konnte ich mich vom Gegenteil überzeugen, zumal die Wachtmänner uns nicht durchlassen wollten. Daraufhin versuchte Jo vergeblich, Charlie Coombs ans Telefon zu bekommen. Er war zwar draußen auf der Rennbahn, aber nicht zu erreichen. Dann, als Jo ihn endlich an der Strippe hatte, mußten wir warten, bis man uns Ausweise ausgestellt hatte, die uns den Zutritt zur Rennbahn erlaubten. Und dann, als wir endlich durchs Tor gelangt waren, verirrten wir uns hoffnungslos im riesigen Stallgelände. »Ich bin seit zwanzig Jahren nicht mehr hier gewesen« sagte Jo; es hörte sich wie eine Entschuldigung an.

Kurz nach halb sieben gelangten wir zu Charlie Coombs' Stallungen. Plötzlich fanden wir uns inmitten von Pferden wieder, die soeben vom Training zurückgekehrt waren. In der morgendlichen Kälte dampften ihre Körper vom Schweiß. Junge Männer und Frauen nahmen den Tieren die Sättel und das Zaumzeug ab, legten ihnen Decken über und führten sie dann an der Leine langsam im Kreis herum.

Noch nie hatte ich Rennpferde aus nächster Nähe gesehen, und ich war überwältigt von ihrer Kraft. Ich konnte spüren, daß sie drauf und dran waren, sich loszureißen und davonzupreschen. Diese majestätischen Geschöpfe waren zu explosionsartigen Beschleunigungen fähig und konnten unglaubliche Geschwindigkeiten erreichen. Und selbst in der morgendlichen Dunkelheit konnte ich die Individualität jedes einzelnen Tieres unterscheiden – ein rascher Blick, ein Ruck mit den Kopf, ein plötzliches, unverwechselbares Wiehern. Natürlich flößten diese großen Tiere mir Furcht ein; anderseits hatte ich das Verlangen, irgendeinen Kontakt zu diesen kraftvollen Wesen herzustellen.

Jo zupfte mich am Ärmel und riß mich aus meinem beinahe tranceartigen Zustand. Kurz darauf betraten wir ein kleines Büro, in dem ein heilloses Durcheinander herrschte. Charlie Coombs saß hinter seinem Schreibtisch und telefonierte; als er uns hereinkommen sah, bedeutete er uns mit einer energischen Handbewegung, uns zu setzen und zu warten.

Leute kamen ins Büro und verließen es sofort wieder, ohne ein Wort zu sagen. Sie trugen Reithelme und dicke Reitkleidung zum Schutz gegen die Kälte. Wenn sie sich an der Kaffeemaschine – die den einzigen aufgeräumten Bereich des Büros einnahm – eine Tasse einschenkten, bewegten sie sich schnell, beinahe hektisch. Neben der Kaffeemaschine standen Behälter mit Milch und Zucker, und an der Wand hing ein großes Schild aus Pappe, auf dem geschrieben stand: ›Wenn Sie Kaffee trinken, bezahlen Sie ihn gefälligst.‹ Aber niemand warf auch nur einen Cent in die Sammelbüchse.

Schließlich hämmerte Charlie Coombs den Hörer auf die Gabel und sagte: »Ich habe gehört, was mit Harry und Mona geschehen ist, Jo. Es tut mir aufrichtig leid.« Er hob beide Hände, als wollte er damit unterstreichen, daß die Welt nun mal so sei – voller unerklärlicher Not und Elend.

Mir war der Mann auf Anhieb sympathisch. Er mochte fünfundvierzig, fünfzig Jahre alt sein und besaß ein wettergegerbtes, entschlossenes Gesicht, doch sein Lächeln war voller Wärme. Er hatte zerzaustes, dichtes schwarzes Haar, das bereits die ersten grauen Strähnen aufwies, und in Anbetracht der Kälte war er viel zu dünn angezogen – über einem Hemd ohne Krawatte trug er nur eine Art Jagdweste.

Jo machte mich mit Coombs bekannt. Er beugte sich zu mir vor und sagte: »Jos Freunde sind auch meine Freunde … egal, unter welchen Begleitumständen ich sie kennenlerne.«

Ich konnte sehen, daß er kleiner war, als ich gedacht hatte – und daß er alte, rote Freizeitschuhe trug. Aus irgendeinem Grund tat mir dieser Anblick gut: Man stelle sich einen Mann vor, der Rennpferde im Wert von Abermillionen Dollar trainiert und alte, rote Freizeitschuhe trägt. Es war gleichermaßen poetisch wie verrückt. Coombs bemühte sich, uns seine volle Aufmerksamkeit zu schenken, doch es war offensichtlich, daß ein Teil von ihm draußen vor dem Büro war, aufmerksam auf die Pferde achtete und Geräuschen lauschte, die auf irgendwelche Schwierigkeiten hindeuteten ... oder worauf ein Trainer von Galoppern auch immer lauschen mochte.

»Wir möchten den Aufenthaltsort von Ginger Mauch ausfindig machen«, sagte Jo.

»Das verstehe ich nicht. Das Mädchen arbeitet doch für Sie, Jo.«

»Sie hat gekündigt. Ganz plötzlich. Sie hat gekündigt und ist verschwunden.«

»Tja, ich weiß nicht, wo sie ist, Jo. Ich habe das Mädchen seit Jahren nicht gesehen.«

»Aber Ginger hat doch früher mal für Sie gearbeitet«, sagte ich, denn ich erkannte, daß es an der Zeit war, die Gesprächsführung zu übernehmen.

»Stimmt. Sie war ungefähr ein halbes Jahr bei mir beschäftigt. Dann hat sie gekündigt. Irgendwann erfuhr ich, daß sie für Mona Aspen auf der Insel arbeitet. Und dann hörte ich, daß sie für Harry und Jo arbeitet.«

»Können Sie sich an die Begleitumstände erinnern, als Sie das Mädchen eingestellt haben?« erkundigte ich mich.

Angesichts meiner ziemlich umständlich formulierten Frage mußte Coombs lachen. Wieder beugte er sich zu mir vor und zwinkerte mir zu. Ich hatte den Eindruck, er war auf einen Flirt aus. »Bevor ich diese

Frage beantworte, möchte ich wissen, in welcher Branche Sie tätig sind.«

»Wieso?«

»Weil mir nur eine Finanzbeamtin eine solche Frage stellen würde.«

»Ich bin Schauspielerin.«

Er lehnte sich zurück und musterte mich eingehend; mit dieser Antwort hatte er offensichtlich nicht gerechnet.

Jo sagte in entschuldigendem Tonfall: »Charlie, wir brauchen dringend sämtliche Informationen, die Sie uns über Ginger Mauch geben können. Wir haben keine Zeit, das alles groß und breit zu erklären.«

»Die damaligen Begleitumstände«, sagte Coombs, erhob sich, ging durchs Büro und ahmte geschickt meine gestelzte Sprache nach, »waren, sofern ich mich recht entsinne, folgendermaßen: Ginger kam in mein Büro und fragte mich, ob ich ihr eine Stelle als Assistenztrainerin geben könnte. Ich sagte ihr, ich bräuchte zwar keine Assistenztrainerin, aber eine Bürohilfe, die mir den Papierkram abnimmt, den ich nicht schaffe ... und eine Reihe anderer stupider Verwaltungsarbeiten, von der Bestellung des Futters bis hin zu dem ständigen Papierkrieg mit den Sicherheitsleuten. Ich sagte ihr, ich würde mehr Zeit für mich selbst brauchen, seit ich reich und berühmt geworden sei. Ginger war einverstanden, und ich gab ihr den Job.«

»Hat sie Ihnen etwas über sich selbst erzählt?«

»Eigentlich nicht. Nach einer Weile habe ich erfahren, daß sie in Vermont geboren und dort aufgewachsen ist. Außerdem kam sie aus irgendeinem Grund donnerstags immer zu spät zur Arbeit. Und sie hat ihren Kaffee stets mit Milch, aber ohne Zucker getrunken.«

Ich sah, daß er sich ehrlich bemühte, sich zu erinnern. »Haben Sie Referenzen von Ginger verlangt?« fragte ich.

»Nein. Das war nicht nötig. Bevor sie nach New York kam, hat Ginger in Maryland als Assistenztrainerin gearbeitet. Und das Pferd, das sie geritten hat, hieß ›Cup of Tea‹. Ginger hat mir Zeitungsausschnitte gezeigt.«

»Cup of Tea!« wiederholte Jo mit aufgeregter Stimme. »Davon hat sie mir nie etwas erzählt!«

»Was ist so besonders an Cup of Tea?« fragte ich, erstaunt über Jos Reaktion.

Charlie Coombs ging zurück zu seinem Schreibtisch und setzte sich. Er grinste mich ein wenig herablassend, aber auf gutmütige Weise an, als müßte ich mich für irgend etwas Dummes schämen. »Es war einmal«, begann er in gespielt dozierendem Tonfall, »ein häßliches kleines Fohlen, das wurde auf einer Farm in Norden Michigans geboren. Es war ein Vollblut, stammte jedoch von sehr mittelmäßigen Rennpferd-Eltern ab. Niemand hatte je von seiner Mama oder seinem Papa gehört. Die Besitzer nannten das Fohlen Cup of Tea, weil sein Fell von so trüber, unbestimmbarer Farbe war – weder rötlich-braun, noch haselnußbraun, noch sonst ein Braun. Außerdem sah das Fohlen eher wie ein Cowpony aus; deshalb wurde es auf der Jährlingsauktion für nur neunhundert Dollar verkauft.

Der neue Besitzer ließ Cup of Tea auf sämtlichen Rennbahnen im Mittelwesten laufen, brachte ihn bei den unbedeutendsten Rennen auf den schäbigsten Schlammpisten an den Start. Immer wurde Cup of Tea geschlagen. Deshalb verkaufte der Besitzer das Pferd an einen Trainer in Maryland, der Cup of Tea als Begleitpferd einsetzen wollte, das die Aufgabe hat, die nervösen Renner zu beruhigen, wenn sie zum Training oder zum Start geführt werden. So kam Cup of Tea nach Maryland und wurde als Begleitpferd für richtige Galopper eingesetzt, um diese Rassepferde auf die Bahn zu begleiten und um sie ruhig zu halten.

Eines Tages begleitete unser kleines Pferd einen berühmten Champion, einen richtigen Kracher, auf eine Grasbahn, um ein paar Runden als sein Trainingspartner zu laufen. Cup of Tea, der bis zu diesem Zeitpunkt vermutlich noch nie eine Gras-Rennbahn gesehen hatte, preschte in einem solchen Höllentempo los, daß sein Reiter aus dem Sattel flog. Der kleine Kerl machte aus dem Champion-Galopper eine Witzfigur. Er legte die Runde in einer Zeit zurück, die zwei Sekunden unter dem Weltrekord für diese Strecke lag.

Um die Geschichte kurz zu machen – im Jahr darauf siegte Cup of Tea bei den drei bedeutendsten Grasbahnrennen Amerikas, einschließlich des Budweiser-Championats. Heute ist der alte Junge der teuerste und begehrteste Deckhengst der Welt, der seinen beneidenswerten Job in Frankreich verrichtet. Eine richtige Hollywood-Story, nicht wahr?«

Es war eine wundervolle Geschichte. Ich konnte sie mir richtig als Film vorstellen. Aber wer würde die Rolle der Ginger spielen?

Ein junger Mann mittelamerikanischer Herkunft kam in das Büro und rief Coombs irgend etwas auf Spanisch zu. Der Trainer nickte, erhob sich und sagte: »Ich hoffe, ich konnte Ihnen behilflich sein.«

Er schüttelte Jo die Hand und küßte sie sanft aufs Haar. Dann sagte er zu mir: »Ich erzähle Ihnen gern noch mehr Pferdegeschichten. Ich habe jede Menge auf Lager. Ich ... kenne sogar eine ganz andere Art von Geschichten.«

Ich beugte mich über seinen Schreibtisch und kritzelte meine Telefonnummer in sein Notizbuch.

»Sein Vater war sogar noch netter«, sagte Jo, als Coombs gegangen war.

Als wir zurück nach Manhattan fuhren, ließ ich mir die neuen Informationen über Ginger durch den Kopf gehen. Soweit ich es beurteilen konnte, waren wir keinen Schritt weiter gekommen, was Gingers derzeitigen Aufenthaltsort betraf.

Vor meiner Wohnung angelangt, mußte ich in der zweiten Reihe parken – in der Hoffnung, daß keine Hosteß daherkam.

»Was sollen wir jetzt tun?« fragte Jo, als wir wartend im Wagen saßen.

»Auf einen freien Parkplatz lauern, reinfahren und dann essen gehen. Ein Stück die Straße rauf ist ein chinesisches Restaurant.«

»Du hast mich schon verstanden. Ich wollte wissen, was wir jetzt in Sachen Ginger unternehmen sollen.«

»Weitersuchen.«

»Aber wen könnten wir noch fragen? Wer hat sie sonst noch gekannt?«

»Das Pferd.«

Jo lachte. »Das ist eine schöne Geschichte, nicht wahr? Cup of Tea ist ein wundervolles Pferd.«

Eine Limousine fuhr mit überhöhter Geschwindigkeit an uns vorbei und schleuderte Matsch gegen die Scheiben unseres Wagens. Schließlich bekamen wir einen freien Parkplatz. Als wir das Restaurant betraten, sah ich, wie müde Jo war. Benommen starrte sie auf die Speisekarte; dann bestellte sie das gleiche wie ich.

Sie aß die kochend heiße Reissuppe, ließ den Rest des Menüs jedoch stehen. Ich aß alles auf. Ich hatte Hunger, und mir war kalt. Und ich war immer noch aufgeregt, wenn ich an die Rennbahn dachte, an die edlen Pferde, denen ich so nahe gewesen war ... und an Charlie Coombs.

»Ich habe einfach keinen Hunger«, sagte Jo bedauernd. Offensichtlich war ihr der Gedanke zuwider, so viel gutes Essen zu verschwenden.

Als wir die Rechnung bezahlt hatten und das Restaurant verließen, stellten wir fest, daß eine funkelnde Wintersonne die Wolkendecke durchbrochen hatte. Alles war heller, wärmer, sauberer.

»Ich bin müde«, sagte Jo. »Ich könnte ein wenig schlafen.«

»Es sind nur zwei Minuten bis zu meiner Wohnung«, versicherte ich ihr.

Als ich die Straße hinunterschaute und mir in Erinnerung zu rufen versuchte, wo ich das Auto abgestellt hatte, sah ich einen kleinen roten Lieferwagen, der in der zweiten Reihe geparkt hatte und unserem Wagen den Weg verstellte. Gut, dachte ich. Jetzt spritzt wenigstens kein Matsch mehr gegen die Scheiben.

Ich schaute Jo an. Sie stand still und zufrieden da, die Augen geschlossen, das Gesicht der Sonne zugewandt.

Der rote Lieferwagen neben Jos Kombi setzte sich plötzlich in Bewegung. Ich beobachtete es ganz beiläufig und sah, wie die Sonne auf dem roten Lack funkelte. Aber irgend etwas stimmte nicht. Der Lieferwagen zog auf die linke Straßenseite, wo keine Autos parkten und wo Jo und ich uns befanden ...

Der Wagen beschleunigte; das linke Reifenpaar quietschte, als es am Bordstein entlang schrammte. Der kleine rote Lieferwagen raste direkt auf uns zu.

Ich packte Jos Arm, rannte los und zerrte sie mit mir.

Ich hörte ein kreischendes, knirschendes Geräusch hinter uns. Ich versuchte, schneller zu rennen. Meine Knie schienen nachgeben zu wollen.

Ich hörte jemanden schreien. Ein Regen aus Glas prasselte klirrend auf die Straße. Dann wurde es dunkel um mich herum.

9

»Nur noch eine Treppe«, sagte ich zu Jo, als wir an einer Kurve zwischen dem dritten und vierten Treppenabsatz hockten, erschöpft und immer noch benommen. Jo trug einen dicken Verband auf der rechten Gesichtshälfte; ich hatte eine Bandage über der Stirn, genau unter dem Haaransatz.

Ich fluchte leise, als ich sah, daß bei einem der Mieter noch immer ein Weihnachtskranz an der Tür hing. Warum hatte er das Ding noch nicht abgenommen? Weihnachten war vorbei und vergessen.

Als ich zwischen den Treppenabsätzen stand und Jo festhielt, fielen mir ein paar Zeilen aus einem Theaterstück ein, in dem ich mal aufgetreten war. Eine Frau steht ihrem verhaßten Ehemann gegenüber und sagt: »Wenn mir an diesem ominösen Weihnachtsabend überhaupt etwas gefallen würde, dann die Erscheinung des Jesuskindes oder wenigstens ein Christus in einer deutlich erkennbaren Gestalt.«

Wie hieß das Stück? fragte ich mich. Der Verfasser?

Die Figuren? Ich konnte mich nicht daran erinnern – nur an das Zitat.

Vorsichtig betastete ich meinen Oberschenkel. Es tat schrecklich weh. Die Ärzte auf der Unfallstation hatten gesagt, daß nichts gebrochen sei, nur geprellt.

Die Polizei hatte uns wissen lassen, daß der Lieferwagen gegen einen Laternenpfahl geprallt sei, ein Parkschild verbeult, die Fenster des Chinarestaurants zerschmettert, einen Hydranten umgefahren und sich zweimal um die eigene Achse gedreht habe – und dann davongefahren sei. Wir hätten großes Glück gehabt. Betrunkene Fahrer würden normalerweise sich selbst und/oder Passanten töten oder zum Krüppel machen. Jo und ich wären nur ›Zentimeter vom Tod entfernt‹ gewesen. »Es ist ein Wunder«, hatte ein Polizist gesagt, »daß Sie den umherfliegenden Glassplittern mit nur oberflächlichen Verletzungen entgangen sind.«

Wir machten uns auf, die letzte Treppe bis zu meiner Wohnung zu erklimmen. Jo ging voraus; ich hielt die Hände auf ihren Schultern, um zu verhindern, daß sie nach hinten kippte. Aber es hatte nichts mit Uneigennützigkeit zu tun, daß ich hinter Jo ging und ihr half – auch ich hielt mich an ihr fest. Denn als ich aus der Bewußtlosigkeit erwacht war, hatte ich gesehen, daß Jos Gesicht blutüberströmt war. Umhersirrende Glassplitter hatten sie getroffen. Sogar ihr kurzgeschnittenes weißes Haar war blutbespritzt gewesen. Bei diesem Anblick war mir dermaßen schlecht geworden, daß ich jetzt noch weiche Knie hatte.

Endlich kam die Errettung: Wir taumelten in meine Wohnung und ließen uns wie Steine auf das Sofa fallen. Wir rührten uns nicht. Wir redeten kein Wort.

Draußen war es schon dunkel, und in der Wohnung

brannte kein Licht. Mir wurde klar, daß ich eine Lampe einschalten mußte, doch eine Zeitlang war ich noch so fertig, daß ich nicht einmal wußte, wo sich einer der verflixten Lichtschalter befand.

Als ich den Schalter schließlich drehte und mich zurück zum Sofa schleppte, sah ich Bushy und Pancho still dasitzen, Seite an Seite. Sie beäugten mich und Jo. Was Pancho anging, übertraf er sich selbst. Er saß tatsächlich auf dem *Fußboden* und schien zu versuchen, die Situation einzuschätzen. Es muß an unseren Verbänden liegen, dachte ich. Bestimmt ist Pancho von dem weißen Mull fasziniert.

»Soll ich dir irgendwas holen, Jo?«

»Nichts.«

Ich schaute Pancho an. Ich sehnte mich danach, mit dieser verrückten Katze zu schmusen. Für einen Augenblick dachte ich darüber nach, ob ich ihn mir schnappen sollte. Aber ich ließ es bleiben. Pancho war immer zu schnell für mich. Er wollte einfach nicht schmusen. Ich lächelte ihn an. Sein Körper war schon nicht mehr so entspannt wie vorhin, und seine Neugier war beinahe befriedigt. Bald würde er sich wieder seiner Lieblingsbeschäftigung widmen – der Flucht vor dem bösen Feind.

Jo kicherte, und ich blickte sie an. Sie betastete ihr bandagiertes Gesicht. »Ich habe gerade daran gedacht«, erklärte sie, »wie lächerlich es ist, nach Manhattan zu kommen und um ein Haar von einem betrunkenen Autofahrer getötet zu werden. Ich dachte immer, alle betrunkenen Fahrer wären auf der Long-Island-Schnellstraße unterwegs.«

»Woher willst du wissen, daß der Fahrer betrunken war, Jo?«

»Na ja, schließlich hat die Polizei es gesagt.«

»Ja, das stimmt.«

»Man muß schon betrunken sein, um mit einem Kleinlaster auf einen Bordstein zu fahren und das Fenster eines Restaurants zu zerschmettern.«

Wir hatten beide überlebt. Jetzt war es an der Zeit, den Tatsachen ins Auge zu sehen.

»Der Fahrer war nicht betrunken, Jo«, sagte ich. »Er hat versucht, uns zu ermorden.«

Sie stieß ein kurzes, nervöses Lachen aus. »Woher willst du das wissen, Alice?«

»Woher ich das weiß?« Ich schloß die Lider und ließ den Unfall noch einmal vor meinem geistigen Auge ablaufen. Der Fahrer des roten Lieferwagens hatte mit laufendem Motor auf uns gewartet, als wir aus dem Restaurant gekommen waren. Dann war er sofort losgefahren und hatte von seinem Parkplatz in der zweiten Reihe auf die gegenüberliegende, leere Straßenseite gewechselt, um beschleunigen zu können. Und dann war er geradewegs auf uns zu gerast. Ich hatte den Laster gesehen – und Sekunden später gewußt, daß der Fahrer es auf uns abgesehen hatte.

»Er hat versucht, uns zu ermorden, Jo.«

»Warum sollte jemand die Absicht haben, uns zu ermorden?« fragte sie skeptisch und ein wenig verängstigt.

Ich gab keine Antwort, schaute zu den Katzen hinüber. Pancho war verschwunden. Bushy streckte sich am Boden. Mein Oberschenkel pochte so heftig, als säße ein Frosch unter der Haut.

Der kleine rote Lieferwagen hatte meine idealistischen Ambitionen allesamt über den Haufen gefahren. Er hatte mir bewußt gemacht, daß das Leben immer noch kostbar für mich war. Sicher, ich war keine große Schauspielerin geworden, die bedeutende Rollen gespielt hatte, doch mein Talent gab es nach wie vor und meine Katzen und meine Wohnung und Hunderte von winzigen Dingen, aus denen ein Leben sich zusammensetzt ... und die ich sehr liebte.

Der kleine rote Lieferwagen hatte mich klipp und klar vor die Frage gestellt: Bist du wirklich bereit, das alles aufs Spiel zu setzen, um herauszufinden, wer Harry Starobin ermordet hatte?

Nein, war ich nicht.

»Jo«, sagte ich so behutsam, wie ich konnte, »man hat versucht, uns zu töten, weil wir deinen Gatten nicht in Frieden ruhen lassen.«

»Das glaube ich nicht, Alice. Ich habe das Recht, herauszufinden, wer Harry ermordet hat.«

Es war eine so naive Erklärung, daß ich ungewollt scharf darauf antwortete: »Sei nicht dumm, Jo. Ich rede nicht über Rechte. Ich rede über das viele Bargeld in Harrys Schließfach und Gott weiß wo sonst noch. Ich rede über Menschen, die andere Menschen töten. Möchtest du sterben, Jo? Diese Leute, wer sie auch sein mögen, haben versucht, uns zu ermorden, und sie werden es wieder und wieder versuchen, wenn wir nicht aufgeben.«

Jo gab keine Antwort. Sie lehnte den Kopf nach hinten auf die Sofakissen. Ein winziger Fleck bildete sich auf ihrer Wange; das Blut hatte den Verband durchtränkt.

Ich wußte, was sie dachte. Sie dachte, daß ihre gute Freundin Alice die Sache mit Harry auf sich beruhen lassen wollte. Ja, genau das wollte ich. Ich wollte die Sache mit Harry vergessen und Jos und mein Leben retten. Wir beide waren schon zu tief in diese Geschichte hineingeraten. Wir hatten die Oberfläche von irgend etwas angekratzt, das tödlich gefährlich war.

»Du möchtest also, daß wir einfach aufgeben«, sagte Jo, »daß wir die ganze Sache diesem schrecklichen Detective Senay überlassen, der rein gar nichts über Harry weiß ... dem Harry vollkommen egal ist.«

»Ja.«

»Ich soll einfach nach Hause fahren und alles vergessen – Harrys Unterlagen, seinen Tod, das Geld ... und den Mord an Mona? Möchtest du das? Erwartest du das von mir?«

»Lebe einfach dein Leben weiter, Jo.«

»Welches Leben?«

»Jedes Leben, das du führen kannst.«

»Für dich ist es leicht, so etwas zu sagen, Alice.«

Sie wollte sich erheben, doch die Anstrengung war zu groß für sie.

»Bitte, sei mir nicht böse, Jo. Bitte.«

Sie sank zurück aufs Sofa; dann verschränkte sie die Hände krampfhaft im Schoß. »Ich bin dir nicht böse, Alice. Ich bin ... es ist nur so, daß ... der arme Harry ...« Und sie begann, unzusammenhängende Worte zu murmeln.

Ich legte ihr eine Decke um und setzte mich ganz nahe zu ihr. Ich wußte, daß sie meine Entscheidung akzeptierte, und war erleichtert. Ich wußte, daß die alte Frau nicht imstande war, die Nachforschungen auf eigene Faust weiter zu betreiben. Wir waren beide in Sicherheit, wenn wir uns von Harrys Leichnam fernhielten ... genauer gesagt, von seiner Asche, die auf dem Kies des Zufahrtsweges verstreut war. Doch ich verspürte nicht nur Erleichterung; ich schämte mich auch ein bißchen. Schließlich hatte *ich* das Handtuch geworfen. Aber diese Rolle war zu schwierig für mich. Die Konsequenzen waren letztendlich zu gefährlich. Ich war zu alt für eine so riskante Sache.

Pancho flitzte an der gegenüberliegenden Wand vorüber in Richtung Fenstersims. Dort gab es Sicherheit. Wir alle waren in Sicherheit.

10

Es war der erste Tag im Februar, ein trister, frostiger Tag. Ich war gerade von einem mittäglichen Arbeitsessen mit meiner Agentin und ›einflußreichen Leuten‹ zurückgekehrt. Wie immer hatte mich diese Art von Treffen verärgert. Als Schauspielerin war ich nicht bekannt genug, als daß mir vernünftige Rollen angeboten wurden; andererseits wußte man, daß ich zu erfahren und überlegt war, als daß ich die hinterletzten Rollen übernommen hätte. Da ich in dieser elenden Zwickmühle steckte, war ich stets gezwungen, an diesen frustrierenden Arbeitsessen mit ›einflußreichen Leuten‹ teilzunehmen, die ein Theaterstück oder einen Spielfilm oder ein Fernseh-Special produzieren wollten.

Aber von meiner Warte aus betrachtet, war die ganze Sache sowieso die reinste Heuchelei, denn ich hatte seit langer Zeit nicht mehr auf der Bühne gestanden und bei einem herkömmlichen Theaterstück mitgewirkt. Das konventionelle Theater interessierte mich nicht mehr die Bohne. Ich hielt nach Rollen Ausschau, die der gestalterischen Phantasie größeren Spielraum ließen, Rollen, die sozusagen aus der Rolle fielen, und so etwas fand ich nicht bei ›einflußreichen Leuten‹. Ich hatte noch keines dieser Arbeitsessen verlassen, ohne vor mich hin zu murmeln: »Gott segne das Catsitten.«

Also saß ich nun wieder mal auf meinem Sofa und vertiefte mich in meine neueste schlechte Angewohnheit – die kleine, halbmondförmige Narbe zu betasten, die von dem Lieferwagen-Attentat auf meiner Stirn zurückgeblieben war.

Und ich träumte vom Theater.

Allmählich bildete sich eine neue Variante meiner gewohnten schauspielerischen Phantasien heraus: Ich trat als Gastkünstlerin in einer weltberühmten ausländischen Theatertruppe auf – dem Moskauer Staatstheater. Meine Rolle war ziemlich unbedeutend, doch als das Stück vor meinem geistigen Auge vorüberzog und sich entwickelte, sprach ich meinen Text, spielte meine Rolle und legte dabei eine so unglaubliche Bühnenpräsenz an den Tag, daß die Figur, die ich verkörperte, sämtliche Hauptfiguren des Stückes in den Schatten stellte. Zum Schluß warf man mir sogar Rosen auf die Bühne, große, blutrote Rosen, als wäre ich eine Ballerina.

Es war wieder mal eine meiner ich-bezogenen, überheblichen Teenager-Phantasien – ein dermaßen verrückter Traum, daß es mir selbst peinlich war. Aber solche Träume hatte ich immer wieder, und stets genoß ich die tiefe Freude, die ich dabei empfand, in vollen Zügen.

Warum auch nicht?

Diesmal war es eine magische und mystische, wirre und irre Traumvorstellung; bei jeder meiner Neuinszenierungen veränderten sich Kostüme und Bühnenbild. Mal war es ein viktorianisches Drama. Mal war es ein modernes Kriminalstück. Mal war es eine Brechtsche Interpretation eines homerischen Dramas.

»Ach, Bushy«, sagte ich zu meinem Kater, »wie dumm und müde ich bin … und wie verrückt mein ganzes Leben geworden ist: Arbeitsessen und Phantastereien und Katzenstreu.« Und Bushy verstand mich. Wenigstens einer.

Das Telefon klingelte. Ich ging davon aus, daß es meine Agentin war, die mir mitteilen wollte, wie es beim Arbeitsessen gelaufen sei und wie sehr meine enorme Ausstrahlung den ›einflußreichen Leuten‹ gefallen hätte. Ich ließ den Apparat klingeln, denn ich hatte absolut keine Lust, mit der Agentin zu reden. Sie war ein liebes nettes Dummchen, doch in letzter Zeit hatte sie immer mehr auf meiner Vorliebe für den › Avantgarde-Theater-Quatsch‹ herumgehackt, wie sie sich auszudrücken pflegte; ich solle endlich damit aufhören und wieder ›dorthin zurückkehren, wohin ich gehörte‹ – wo immer das sein mochte. Und ich antwortete ihr stets: »Aber gern. Falls du mir die weiblichen Hauptrollen für das nächste Dutzend Inszenierungen an einer großen Bühne besorgst.«

Als das Telefon nicht zu klingeln aufhörte, nahm ich den Hörer ab. Der Anrufer war nicht meine Agentin, sondern Charlie Coombs, der Trainer.

Er habe etwas viel Interessanteres für mich als eine seiner Pferdegeschichten, sagte er. Einer seiner Assistenztrainer wohnte in meiner Nachbarschaft und würde mich morgen früh zur Rennbahn hinausfahren, damit ich mir anschauen könne, wie ein großer (Lachen) Trainer wie er, Charlie Coombs, Rennpferde trainiere. Ob ich einverstanden sei?

Ich starrte das Telefon an. In den letzten paar Wochen hatte ich oft an Charlie Coombs gedacht, aber nur im Zusammenhang mit Jo und deren Problemen. Und seit Jo – verstimmt über meine Abtrünnigkeit – nach Long Island zurückgekehrt war, hatte ich nichts mehr von ihr gehört.

Doch in dem Moment, als ich Coombs' Stimme am Telefon hörte, wußte ich, daß er mein Liebhaber werden würde.

Ich kann wirklich nicht sagen, wieso mir dieser Gedanke kam. Vielleicht lag es daran, daß das Theater kein Ort für die Liebe ist. Die meisten Schauspielerinnen können ihre männlichen Kollegen nicht ausstehen und umgekehrt. Die einzigen Männer, mit denen ich verkehrt hatte – von Schauspielern und Regisseuren abgesehen –, waren Bankiers und Rechtsanwälte und Geschäftsleute gewesen, die nur am Rande mit dem Theater zu tun hatten. Diese Männer waren von Schauspielerinnen fasziniert und ganz versessen darauf, sie ins Bett zu bekommen; denn diese Männer glaubten, Schauspielerinnen könnten ihnen vollkommen neue Dimensionen erotischer und intellektueller Erlebnisse eröffnen. Von wegen. Das geschah niemals; die ersehnte Magie kam nicht zum Vorschein. Inzwischen war mein Sexualleben auf mehr oder weniger zölibatäre Ausmaße geschrumpft.

Wie mochte es mit einem Mann sein, fragte ich mich, der *gar nichts* mit dem Theater zu tun hatte?

Ich sagte Coombs, daß es mir eine große Freude wäre, noch einmal zur Rennbahn zu kommen.

»Fein«, erwiderte er. »Malacca, mein Assistenztrainer, erwartet Sie morgen früh um halb fünf vor Ihrem Haus.« Dann legte er auf.

Ich schaute zu Bushy hinunter, der um meine Beine strich, um Aufmerksamkeit zu erregen, und wollte ihm gerade von Charlie Coombs' Anruf erzählen, als das Telefon schon wieder klingelte. Diesmal konnte es niemand anders als meine Agentin sein. Diesmal *mußte* ich das Klingeln ignorieren. Oder den verdammten Anrufbeantworter einschalten, den ich haßte wie die Pest.

Aber wenn es Charlie Coombs war? Wenn er seine Pläne geändert hatte?

Ich nahm den Hörer ab. Es war Carla Fried.

»Hallo, Alice. Ich bin am La-Guardia-Flughafen und muß erst in drei Stunden zum Weiterflug in Newark sein. Wenn ich mit dem Bus durch Manhattan fahre, könnten wir uns auf eine Tasse Kaffee treffen.«

»Wo hält der Bus denn?« fragte ich automatisch, denn ihr Anruf hatte mich völlig überrumpelt.

»Ich nehme die Buslinie bis zur Park Avenue. Wir könnten uns im Grand-Hyatt-Hotel treffen, gegenüber der Haltestelle. An der Bar. In einer Stunde. Einverstanden?«

»Gern«, sagte ich. Und Carla legte auf. Gott, war diese Frau hektisch geworden. Eine richtige Managerin. Ich kam mir vor, als hätte ich mit einem Firmen-Jet gesprochen.

Ich konnte mich erinnern, daß die Bar des Grand Hyatt auf pseudo-vornehm getrimmt war; deshalb zog ich mir pseudo-respektable Klamotten an.

Carla wartete in der Lobby des Hotels auf mich, am Eingang zur Bar. Sie hatte sich ein Taxi genommen. Kaum hatten wir uns gesetzt, als sie auch schon wie ein Wasserfall zu reden begann. Ich solle ihr nicht böse sein, daß sie nicht zurückgerufen habe, nachdem sie aus Atlanta abgereist sei. Und was die Produktion des Stückes betraf, liefe alles bestens. Sie bedrängte mich nicht, endlich eine Entscheidung zu treffen, ob ich die Wärterin in *Romeo und Julia* spielen wollte; dafür hätten wir noch jede Menge Zeit, erklärte sie. Dann lehnte sie sich zurück und grinste.

»Ich quassle und quassle, Alice. Tut mir leid. Flugreisen machen mich immer ganz verrückt.«

Wir bestellten uns Drinks.

»Und was gibt es bei dir Neues?« fragte sie.

Ihre Frage kam mir so absurd vor, daß ich zuerst in Gelächter und dann in Tränen ausbrach. Wie sollte ich ihr erzählen, was geschehen war? Wie sollte ich ihr von den Morden erzählen? Sie würde es weder begreifen, noch würde sie sich dafür interessieren. Wie sollte ich ihr von der Angst und dem Schock erzählen, als der rote Lieferwagen auf Jo und mich losgerast war?

»Was ist mir dir, Alice? Fühlst du dich nicht wohl?«

Auf ihrem Gesicht spiegelte sich so aufrichtige Besorgnis, daß ich mich schrecklich schämte, unsere kleine Wiedersehensfeier zu verderben.

Doch ich hatte mich rasch wieder unter Kontrolle. »Nein, nein. Es geht um einen Mann«, sagte ich hastig.

»Einen Mann? O je, ich habe alles vergessen, was ich über Männer wußte«, meinte sie spöttisch. »Das sind die Menschen ohne Busen, wenn ich mich recht entsinne, stimmt's?«

»Ich glaube, ich werde mich auf eine Liebesaffäre einlassen, Carla. Ich bin ein bißchen nervös. Meine letzte Liaison liegt schon sehr lange zurück.«

»Wer ist der Glückliche?«

»Ich habe ihn an der Pferderennbahn kennengelernt. Er trainiert Galopper.«

»Interessant. Bei mir ist es auch schon lange her, daß ich eine Affäre hatte, Alice. Aber seit ich jetzt öfters mit Waring ausgehe ...«

»Waring?« unterbrach ich sie; denn ich konnte mich nicht an den Namen erinnern.

»Der kanadische Millionär, von dem ich dir erzählt habe. Der Mann, der meine Produktionen finanziert.«

»Ach, entschuldige. Natürlich erinnere ich mich. Gehst du mit ihm ins Bett?«

»Nein. Das ist es ja gerade. Er ist klug und gut aussehend und reich und ein bißchen verrückt. Die Sorte Mann, von der ich schon lange geträumt habe. Aber ich sitze immer nur mit ihm zusammen und trinke und rede mit ihm über das Theater, ohne daß eine einzige erotische Andeutung fällt. Du wirst es erleben. Er ist hier in New York. Nachdem ich mit dir gesprochen hatte, habe ich ihn vom Flughafen aus angerufen. Er kommt hierher, um ein paar Drinks mit uns zu nehmen. Aber erst einmal möchte ich mehr über deinen Trainer erfahren.«

»Er heißt Charlie Coombs und ist weder reich noch gut aussehend, aber ein bißchen verrückt ist er vermutlich auch.«

»Man kann nicht alles haben«, sagte Carla.

Eine weitere Runde wurde an unseren Tisch gebracht, und wir vertieften uns in eines dieser wundervollen, freimütigen Gespräche, die im Grunde genommen sexuelle Autobiographien sind. Es war phantastisch. Wir schwelgten in Erinnerungen.

Plötzlich spürte ich eine Hand auf meiner Schulter. Und dann hörte ich eine Stimme.

»Sie sind also Julias Amme«, sagte die Stimme. Ich drehte mich um und sah einem Mann ins Gesicht.

»Ich bin Waring«, sagte er, zog sich einen Stuhl an unseren Tisch und setzte sich, ohne zu fragen.

Hält der Kerl sich für den Papst? dachte ich sarkastisch. Nur der Nachname – Waring. Als müsse alle Welt ihn kennen. Na ja, vielleicht nannten alle steinreichen Männer nur ihre Nachnamen, sogar im Bett. Waring war hochgewachsen und dünn. Sein Haar lichtete sich bereits, doch er trug es ziemlich lang und hatte es straff nach hinten gekämmt. Er war in einen alten braunen Cordanzug gekleidet; darunter trug er ein dunkelblaues Hemd und eine hellblaue Strickkrawatte. Er sah wie ein Akademiker aus. Sein Gesicht war faltig, seine Augen blau. War er fünfzig? Sechzig? Es war schwer zu schätzen.

»Keine Sorge, ich werde Sie nicht wegen der Rolle belästigen«, sagte er zu mir. »Carla hat mir sämtliche Benimm-Regeln beigebracht, was den Umgang mit Schauspielerinnen betrifft.«

Seine Stimme besaß einen deutlichen kanadischen Akzent; einen irgendwie klanglosen Tonfall, der nur schwer zu beschreiben und noch schwerer nachzuahmen ist.

Er lehnte sich zurück und strahlte Carla an. Meine Neugier schlug augenblicklich in Haß um. Der Kerl begaffte Carla, als wäre sie sein Eigentum. Als wäre Carlas Theatertruppe sein neuestes Spielzeug. Als hätte er sich außer seinen Fabriken und Weizenfeldern und Öltankern und Sportwagen und Jachten und Pferden und Hunden jetzt auch noch sein kleines Privattheater zugelegt, das er nur mit seinen Zauberhänden berühren mußte, und – peng! – heraus kam ein zweites Bolschoi-Theater. Mein Gott, der Kerl widerte mich an. Er erinnerte mich an Hunderte anderer reicher ›Mäzene‹, die ich Laufe der Jahre kennengelernt hatte; Leute, die genauso arrogant und aufgeblasen wie dieser Waring gewesen waren, selbst wenn sie nur ein Millionstel seines Vermögens besessen hatten.

»Was ist mit dir, Alice? Du bist so blaß. Du wirst mir doch nicht etwa krank?« Carla beugte sich zu mir vor; ihre Stimme war besorgt.

Ich log.

»Nein, mir geht es gut. Es ist nur ... ich habe eine Verabredung vergessen. Eine wichtige Verabredung. Ich muß jetzt leider gehen. Ruf mich an. Ich lasse mir die Sache mit der Rolle noch einmal gründlich durch den Kopf gehen.«

Damit stand ich auf und ging.

Am nächsten Morgen wartete Malacca in einem alten Kombi auf mich. Die Ladefläche war vollgepackt mit Ausrüstungsgegenständen für Pferde, von denen ich die meisten nicht identifizieren konnte. Malacca war ein kleiner Mann, offensichtlich ein Ex-Jockey. Er fuhr wie ein Irrer – Stoppschilder und Ampeln kannte er anscheinend nicht – und erzählte mir dabei seine Lebensgeschichte auf seltsame Weise: Einem plötzlichen, wilden Wortschwall folgte Totenstille; dann kam der nächste Ausbruch.

Als wir Charlie Coombs' Stallgelände erreichten, wartete der Trainer bereits auf mich. Er lächelte, und bevor ich auch nur ein Wort sagen konnte, setzte er mir eine Reitkappe auf und schnallte den Riemen unter meinem Kinn fest, als wäre ich ein Kind. Dann nahm er mich bei der Hand und führte mich zu zwei gesattelten Ponys, die gelassen dastanden.

»Das ist Rose«, sagte er und zeigte auf das größere Tier.

Ich hatte seit fünfzehn Jahren nicht mehr auf einem Pferd gesessen, doch Rose war so sanftmütig, daß es mir vorkam, als säße ich auf einem Kissen. Coombs schwang sich auf das andere Pony, und wir ritten los. Ich brauchte ein paar Sekunden, um mich zu orientieren, weil alles so schnell gegangen war; dann aber bemerkte ich, daß sich um uns herum Rennpferde tummelten – Coombs' Galopper, die auf dem Weg zur Rennbahn waren, um das morgendliche Training zu absolvieren.

Als wir uns inmitten der Rennpferde in Richtung Bahn bewegten, wurde mir mulmig. Die Pferde tänzelten, schnaubten und kamen ganz dicht an mein Pony heran. Einige schauten irgendwie verschlagen drein, als würden sie jeden Moment hochsteigen oder lospreschen, und ich hörte das monotone Gemurmel der Assistenztrainer, die ihre Pferde in spanischer Sprache zu beruhigen versuchten. Hin und wieder kam eins der Rennpferde so nahe an Rose heran, als wollte es mit meinem Pony Kontakt aufnehmen. Rose ließ das alles gelassen über sich ergehen; ich jedoch saß völlig verkrampft auf Roses Rücken.

Es war immer noch dunkel, doch am Horizont erschien der erste dünne Silberstreif. Charlie lenkte sein Pony nahe an meines heran. »Alles in Ordnung?« fragte er. Ich nickte. Er lächelte. »Rose kann Sie gut leiden«, sagte er. Gott sei Dank, dachte ich.

Als wir an die hochgeklappte Schranke zur Rennbahn gelangten, blieben wir stehen, und die Rennpferde wurden an uns vorbei hintereinander auf die Strecke geritten. Charlie gab jedem seiner Assistenztrainer Anweisungen – galoppiere diese oder jene Strecke; laß dein Pferd dieses oder jenes Tempo gehen. Dann trotteten unsere beiden Ponys von der Schranke fort und schauten gemeinsam mit uns über den Zaun hinweg dem Training zu.

»Woher wissen die Reiter, wie schnell die Pferde sind?« Ich konnte kaum glauben, was für enorme Geschwindigkeiten Charlie von seinen Trainern verlangt hatte. Sie hatten nicht einmal Stoppuhren dabei – und falls sie doch welche hatte, war es noch zu dunkel, um die Uhren lesen zu können.

»Sie haben die Uhren im Kopf«, erwiderte er.

Inzwischen umkreisten sehr viele Rennpferde in unterschiedlichem Tempo die Bahn. Welches Charlies Pferde waren, konnte ich nicht sehen; doch an der Art und Weise, wie Charlie die Tiere beobachtete, erkannte ich genau, wo sich seine Galopper befanden und was sie gerade taten. Dann schaute ich aufmerksamer hin. Das Geräusch der trommelnden Hufe auf den Geläuf klang wie ein wunderbar präzises Perkussionsinstrument. Ich konnte die weißen Atemwolken vor den Mäulern der Pferde sehen. Ich bewunderte den Mut und die Geschicklichkeit der Reiter, die so kraftvoll-elegant in den Steigbügeln standen, tief über den Hals der Tiere gebeugt. Die Szenerie war von eigentümlicher Schönheit – voller Energie, Kraft und Harmonie. Ich beugte mich so weit im Sattel vor, daß ich den Kopf auf Roses Schultern legen konnte. Ich schloß die Augen und lauschte dem rhythmischen Trommeln der Hufe.

Alles war viel zu schnell vorüber. Bald ritten wir zurück zum Stallgelände. Charlie führte mich in die Stallungen und zeigte mir, wie die vor Schweiß dampfenden Pferde abgesattelt, abgerieben und gestriegelt wurden; anschließend legte man ihnen Decken auf und führte sie vor den Ställen an der Leine herum. Charlie stellte mich den Stallburschen und Reitern und Stallkatzen und Hunden vor, die außerhalb und im Innern der Ställe frei herumliefen. Er zeigte mir die Pferde, die an diesem Morgen nicht trainiert worden waren, und erlaubte mir, sie mit Äpfeln oder Zuckerwürfeln zu füttern. Er wies auf die Fütterungs- und Gesundheitsprobleme hin. Schließlich führte er mich zurück in sein unordentliches Büro, reichte mir eine Tasse Kaffee und ein Stück Blätterteig und bat mich zu warten, bis er mit der morgendlichen Arbeit fertig sei.

Eine Stunde später kam er zurück; das Morgentraining war beendet. Jetzt sah Charlie genauso aus, wie ich ihn in Erinnerung hatte – zu dünn angezogen, breitschultrig und mit zerzaustem Haar.

Aber heute trug er Stiefel.

»Wo sind Ihre roten Schuhe?« fragte ich im Scherz.

»Wenn ich jemanden *wirklich* beeindrucken will, trage ich die Dinger nicht«, erwiderte er.

»Um ehrlich zu sein, ich fand die Schuhe sehr attraktiv.«

»Verflixt«, sagte er in gespieltem Zorn. »Ich mache immer alles falsch!« Er nippte an seiner Kaffeetasse; dann sagte er: »Ich soll Sie von Jo grüßen.«

»Haben Sie Jo getroffen?«

»Nein, nur mit ihr telefoniert. Ich habe sie angerufen und um Erlaubnis gebeten, *Sie* anrufen zu dürfen.«

»Du meine Güte.« Ich lachte. »Wie altmodisch.«

»Ich bin in fast jeder Hinsicht altmodisch. Jedenfalls hat Jo mir gesagt, daß Sie die Suche nach Ginger Mauch aufgegeben haben.«

»Das stimmt. *Wir* haben aufgegeben.« Mir fiel auf, auf welche Weise er mich anschaute und wie aufmerksam er mir zuhörte. Ich fühlte mich geschmeichelt und strich mir über das Haar.

»Jo hat mir erzählt, ein betrunkener Autofahrer hätte Sie beide beinahe getötet«, sagte er.

»Es war knapp. Sehr knapp.«

»Ich sehe die Narbe«, sagte Coombs und zeigte auf meine Stirn. Ich berührte sie kurz und zog dann die Hand weg. Ich spielte mit dem Blätterteig-Teilchen, das ich noch nicht angerührt hatte. Es war schön, hier bei Coombs zu sitzen. Seine Gesellschaft war mir sehr angenehm. Seine energische, mitunter schroffe Art wurde durch eine schwer zu beschreibende Jungenhaftigkeit gemildert. Vielleicht lag es daran, daß er mit Pferden arbeitete.

Er beugte sich über den Schreibtisch ein kleines Stück zu mir vor. »Sind Sie eigentlich eine berühmte Schauspielerin?«

»Ich fürchte, nein. Als Catsitterin bin ich berühmter.«

»Ich meine ... müßte ich Sie kennen? Hätte ich Sie in einem Film oder auf der Bühne sehen müssen?«

»Wenn Sie im April 1985 zufällig in Chapel Hill in North Carolina gewesen sind, hätten Sie miterleben können, wie ich eine sehr achtbare Hedda Gabler gespielt habe. Seitdem ist es mit der Achtbarkeit nicht mehr besonders weit her.«

»Mein Vater hat immer gesagt«, erwiderte Coombs trocken, »daß man achtbar sein muß, wenn man es zu etwas bringen will. Aber was wissen Väter schon.«

»Was wissen Väter *überhaupt?«*

Er gab keine Antwort auf meine eigenartige Frage;

statt dessen blickte er für einen Augenblick traurig vor sich hin. Dann, von einem Moment zum anderen, schlug seine Stimmung wieder um, und er lachte. »Soll ich Ihnen noch ein paar Pferdegeschichten erzählen?«

Ich lehnte mich zurück und lächelte. »Erzählen Sie mir, was immer Sie mir erzählen möchten«, erwiderte ich. Dann wurde mir klar, daß wir flirteten. Das wollte ich gar nicht. Was wollte ich eigentlich?

Er spielte mit seiner Kaffeetasse. »Ich hätte Sie nicht so kurzfristig auffordern sollen, hierher zu kommen«, entschuldigte er sich.

»Ehrlich gesagt, mag ich kurzfristige Aufforderungen. Man meint dann immer, daß es irgendeine Krise gibt – und dabei gibt's gar keine. Man bekommt gleichzeitig Aufregung und Erleichterung geboten.«

»In meinem Fall *gab* es eine Krise«, sagte er.

»Was für eine?«

»Sie. Ich wollte Sie sehen.«

»Jetzt haben Sie mich gesehen.«

»Ja, die Krise ist vorbei. Aber ich habe Krisen immer schon gut gemeistert. Deshalb bin ich Trainer geworden. Beim Pferdesport dreht es sich fast ausschließlich um Krisen. Stets passiert irgend etwas Dummes oder sogar Schlimmes. Ein Pferd wirft seinen Reiter ab. Ein Sattelgurt reißt. Ein Hund beißt ein Pferd. Ein Pferd beißt einen Tierarzt. Ein Trainer trifft die falsche Wahl, was Pferd und Reiter angeht. Aber ich war immer schon ein guter Krisen-Bewältiger.«

»Ist das der Grund, warum Sie sich im Winter viel zu dünn anziehen?« fragte ich.

»Genau. Leichte Kleidung bedeutet schnellere Bewegungsfähigkeit«, erwiderte er und lächelte sein jungenhaftes Lächeln, wobei sich sein Gesicht in unzählige Falten legte.

»Kommen Sie oft nach Manhattan?« wollte ich wissen.

»Ungefähr einmal die Woche.«

»Wo wohnen Sie?«

»Ich habe ein kleines Zimmer. Etwa zehn Minuten von hier.«

Ich schaute auf seine Hände, die mit der Kaffeetasse spielten. Ich konnte mir diese Hände vorstellen, wie sie einen Halfterstrick hielten. Erst vor einer Stunde hatte ich beobachtet, wie diese Hände sanft über einen Pferdelauf gestrichen hatten, um nach einer Schwellung zu suchen. Eine seiner Hände löste sich von der Tasse. Er streckte den Arm über den Schreibtisch hinweg aus und bot mir die Hand dar, die Innenfläche nach oben. Ich legte meine Hand in seine.

Ich stand vor der Tür meines Schlafzimmers und beobachtete den schlummernden Charlie Coombs. So schnell war ich noch nie mit einem Mann ins Bett gegangen, egal, wie anziehend er auf mich gewirkt hatte – von einem kurzen Abenteuer unmittelbar nach meiner Scheidung abgesehen. Aber das zählte wirklich nicht.

Der Sex hatte mächtig viel Spaß gemacht. Wir waren beide sehr gut gewesen. Vielleicht, ging es mir durch den Kopf, eröffnete mir mein ›mittleres Alter‹ eine neue Welt der Erotik. Ich lachte über meine Dummheit.

Oben auf dem Bücherschrank glühten plötzlich zwei Lichtpunkte auf. Ich zuckte zusammen. Dann lächelte ich. Es war Pancho, hellwach und in gewohnter Manier auf der Flucht vor dem bösen Feind. »Faß, Pancho«, flüsterte ich ihm zu und zeigte auf Coombs.

Ich lehnte an der Wand und schloß die Augen. Der Putz war kalt, aber ich spürte es kaum, denn ich war glücklich. Es war lange her, daß ich wirkliche, aufrichtige Intimitäten erlebt hatte – das Gefühl, daß mein Partner nicht nur an sich selbst dachte. Charlie hatte von sich behauptet, altmodisch zu sein. Als wir uns liebten, hatte er mir immer wieder gesagt, wie gut, wie schön, wie einzigartig ich sei. Es war nett und charmant und zeitlos und berauschend – wie ein doppelter Napoleon-Brandy nach einem Stück Schokoladentorte.

Ich hatte festgestellt, daß Charlie die Fähigkeit besaß, hohle Phrasen glaubwürdig klingen zu lassen. Das war eine Gabe, die eigentlich *ich* hätte besitzen müssen. Aber seltsamerweise war das nicht der Fall. Doch eben diese Fähigkeit machte eine große Schauspielerin aus: die Gabe, einer Fiktion den Anschein von Wirklichkeit zu verleihen. Eine Rolle so zu spielen, daß die Fiktion sich in eine Scheinrealität verwandelt, die das Publikum dazu bringt, die Welt mit anderen Augen zu sehen.

Wieder erblickte ich einen Lichtblitz in der Dunkelheit. Dann war das Augenpaar auf dem Bücherschrank verschwunden. Ich ließ den Blick durch das stockdunkle Schlafzimmer schweifen und hörte irgendwo ein wildes, aber sehr leises Klappern.

Ganz kurz sah ich Panchos Augen funkeln, verlor sie aus dem Blick, sah sie erneut. Seine Augen schienen aufzuleuchten und zu verlöschen wie die Lichter einer wildgewordenen Ampel. Dann erkannte ich, was da vor sich ging. Der arme, liebe, verrückte Kater spielte tatsächlich mit dem schlafenden Charlie Coombs. Pancho sprang von einem Ende des Bettes zum anderen, dann auf den Boden und dann auf den Bücherschrank – und dann ging es wieder von vorn los. Das alles geschah so schnell, so leise und elegant, daß der schlafende Charlie nicht gestört wurde.

Es war ein gutes Omen. Ich ging wieder zu Bett.

Die Tage wurden länger, und der Winter verlor allmählich an Kraft. Ich ergatterte eine kleine, aber lukrative Rolle in einem deutschen Avantgarde-Film, der ausgerechnet in Bayonne, New Jersey, gedreht wurde. Meine Agentin nahm ›vielversprechende‹ Verhandlungen mit ›einigen Leuten‹ auf, um mir die Rolle der Gattin in einer Broadway-Aufführung von Pinters *Heimkehr* zu verschaffen. Ich bekam das Angebot, den Sommer über an einem kleinen Theater einen Schauspielkursus zu leiten. Und ich bekam zwei neue Catsitter-Aufträge; der eine war ein überbezahlter Job, bei dem ich eine riesige, ein wenig exzentrische Siamkatze an neun aufeinanderfolgenden Wochenenden besuchen und füttern mußte, während die Besitzer des Tieres eine Reihe von Spritztouren unternahmen. Ach ja, die Reichen. Auf jeden Fall mag ich deutsche Filme, ich mag Pinter, ich mag Schauspielunterricht, und ich liebe Siamkatzen. Insofern konnte ich mich wirklich nicht beklagen.

Und Charlie Coombs verbrachte inzwischen jede Woche mindestens zwei, drei Nächte in meiner Wohnung.

Der ›Zauber der Liebe‹, wie man so schön sagt, blieb ungebrochen. Es war seltsam. Wir sprachen nie über berufliche Dinge – Theater, Katzen, Pferde. Statt dessen unterhielten wir uns zwischen Spiegeleiern und Bratkartoffeln leidenschaftlich über die verrücktesten Sachen: Kerzen, Blitzlichter, Katzen mit Tigerstreifen, vegetarische Katzen, Cheeseburger, Stiefel, Onkel und Tanten und unser Verhältnis.

Wir reden solchen Blödsinn, weil wir so sehr voneinander gefesselt waren, daß wir nichts kaputt machen wollten. Ich war so verrückt auf Charlie, daß es mir sogar Spaß machte, ihm morgens seinen Kaffee zu kochen. Endlich lebte ich das Leben, das ich schon zwanzig Jahre früher hätte leben sollen.

Es war wunderbar.

Bis der große Knall kam, am ersten Montag im März. Charlie traf keine Schuld. Aber mich. Denn wie aus dem Nirgendwo tauchte ein Gesicht, ein Schatten aus der Vergangenheit auf und nahm mich mit.

Zum großen Knall kam es folgendermaßen: Ich hockte auf dem Fußboden des Wohnzimmers und war damit beschäftigt, Bushy zu bürsten. Wegen des dichten Fells ist es gar nicht so einfach, eine Maine-Coon wie Bushy zu striegeln, doch das Fell ist eine Kleinigkeit im Vergleich zur Katze als solcher. Bushy hegte eine besonders tiefe Abneigung gegen das Bürsten. Er führte sich auf, als würde er jeden Augenblick davonflitzen; also mußte er kräftig festgehalten werden – was wiederum zur Folge hatte, daß er sich anstellte, als würde er buchstäblich zu Tode gefoltert.

Als ich endlich mit ihm fertig war und auf meine perfekt gestriegelte Katze hinunterblickte, kam mir eine blitzartige Erinnerung – so klar und deutlich und intensiv, daß ich wie ein Schulkind die Hände faltete.

Ich erinnerte mich plötzlich daran, wie ich zum ersten Mal Harry Starobin beim Striegeln einer seiner Himalayan-Katzen zugeschaut hatte.

Harry hatte die Katze so schnell und geschickt gestriegelt, mit einer so unglaublichen Verbindung aus Sanftheit, Kraft und Genauigkeit, daß ich damals nicht fähig gewesen war, auf eine Frage zu antworten, die Harry mir während des Striegelns gestellt hatte. Ich war von der perfekten Harmonie zwischen Katze und Mensch wie hypnotisiert gewesen.

Die Erinnerung verblaßte, wie es stets der Fall ist, und die Leere wurde von einem tiefen Gefühl der Reue ausgefüllt, als hätte Harry Starobin sich aus der Asche auf dem Zufahrtsweg vor dem Anwesen seiner Witwe erhoben und würde eine bittere Anklage aussprechen: Du, Alice Nestleton, hast bist Schuld daran, daß ich in Vergessenheit gerate.

Ich konnte Harrys faltiges, zerknittertes, glückliches Gesicht sehen. Ich konnte ihn reden hören. Ich konnte ihn in seinen grünen Stulpenstiefeln herumlaufen sehen.

Die groteske Erscheinung war so real, daß ich wirklich und wahrhaftig mit Harry zu reden anfing. Ich erzählte ihm, daß Jo und ich keine andere Wahl gehabt hätten, als die Suche nach seinen Mördern aufzugeben; man hätte uns beinahe ermordet. Aber zu wem redete ich da eigentlich? Zu Bushy? Zu Pancho?

Das Telefon klingelte. Ich beachtete es nicht. Ich ging ins Schlafzimmer und legte mich hin. Als das Telefon nach einer Weile wieder zu klingeln begann, ließ ich es klingeln. In diesem Augenblick waren mir alles und jeder vollkommen gleichgültig.

Als ich das Gesicht in die Kissen drückte, konnte ich spüren, daß Charlie Coombs vor kurzer Zeit in diesem Bett gewesen war. Hier hatten wir uns geliebt, hier hatte Charlie geschlafen. Ich drehte mich auf die Seite und dachte voller Bitterkeit daran, daß mein Leben nun aus Sex mit Charlie und Kaffee kochen für Charlie und Wohnung aufräumen bestand, wenn Charlie gegangen war.

Und das war's dann: Die Illusion von der glücklichen Hausfrau verflüchtigte sich. Ich erkannte, daß eine einzige Erinnerung an Harry Starobin das Leben zerstört hatte, das für mich bis jetzt der Gipfel der Glückseligkeit gewesen war.

Als ich mich auf die andere Seite drehte, wurde mir klar, daß ich nie zuvor eine so spannungsvolle Erregung, ein so intensives Lebensgefühl verspürt hatte wie in den wenigen Tage meiner Suche nach Ginger Mauch und der Quelle von Harrys geheimem Vermögen. Keine Liebesnacht mit Charlie Coombs kam dem gleich. Keine Rolle in einem Theaterstück. Nichts.

Ich erkannte, daß ich etwas unternehmen mußte. Ich mußte den Verrat an Harry wiedergutmachen. Ich mußte fort von hier.

Ich setzte mich auf und lachte voller Zynismus über mich selbst, als ich an die letzten beiden Dialogzeilen und die letzte Bühnenanweisung in *Warten auf Godot* dachte.

Wladimir fragt: »Nun? Sollen wir gehen?«

Estragon antwortet: »Ja, gehen wir.«

In der Bühnenanweisung steht: Sie bewegen sich nicht.

11

Ich schlug die Augen auf und stellte fest, daß ich in Charlie Coombs' Gesicht blickte. Ich wollte mich abwenden, doch er legte rasch den Arm um meine Hüfte und zog mich auf dem Bett näher zu sich heran.

»Heute hast du zum ersten Mal etwas anderes im Kopf gehabt, als wir miteinander geschlafen haben«, sagte er.

»Das Leben ist hart«, erwiderte ich sarkastisch; dann fügte ich versöhnlich hinzu: »Was ist los, Charlie? Hat's dir keinen Spaß gemacht?«

Er lockerte den Druck seines Armes, der noch immer um meine Hüfte lag. Ich drehte mich von ihm weg.

»Zum Teufel, Alice. Ich bin Pferdetrainer von Beruf. Ich weiß, wann ein Pferd mit den Gedanken bei der Sache ist und wann nicht.«

Ich wollte ihm wütend antworten, daß ich kein Pferd sei und daß Sex nichts mit Galopprennen zu tun habe – doch ich schwieg, denn er hatte recht. Ich war mit den Gedanken woanders. Ich streichelte Charlies Knie; eine Geste der Entschuldigung.

Doch meine Gedanken drehten sich um Harry Starobin. Vielleicht hatte ich mich geirrt, was den Vorfall mit dem Lieferwagen betraf; vielleicht war es gar kein Mordversuch gewesen. Möglicherweise stimmte die Vermutung der Polizei, und der Fahrer war tatsächlich betrunken gewesen.

Ich schaute Charlie an. In seinen Augen lag noch immer dieser verletzte Ausdruck. Ich rückte näher zu ihm und küßte ihn zärtlich auf die Schulter.

Kaum hatte ich ihm den Kuß gegeben, ärgerte ich mich über diese Geste und rückte wieder von Charlie weg. Was tat ich eigentlich? Es war immer dieselbe alte Geschichte. Sämtliche Männer, mit denen ich im Bett gewesen war, hatte ich beschwichtigt, versöhnt, verwöhnt. Ich hatte mir geschworen, das nie mehr zu tun – aber jetzt war es wieder passiert. In dem Augenblick, als eine leichte Spannungen zwischen Charlie und mir entstanden waren, hatte ich ihm seine Ängste genommen.

Doch ich mußte die Situation entschärfen – die Sache war zu unwichtig, als daß ich mich damit hätte belasten können. Ich mußte die Spannungen beseitigen … sie umlenken … und um das zu erreichen, mußte ich eine kleine, harmlose Verrücktheit anstellen. Ich wieherte wie ein Pferd. Dann fragte ich Charlie, ob ich jetzt wunschgemäß bei der Sache wäre, so, wie er es gern hätte. Charlie fand das sehr lustig; ich nicht. Dann fingen wir beide an, uns wie Verrückte aufzuführen; wir wieherten und schnaubten wie Pferde. Dann schliefen wir noch einmal miteinander.

Und dann lagen wir in der stillen Dunkelheit. Nur schwache Geräusche drangen von der Straße zu uns herauf. Sogar Pancho hatte seine Reisen unterbrochen. Und Bushy lag zusammengekuschelt am Ende des Bettes, zu Charlies Füßen.

»Charlie«, sagte ich. »Ich möchte dir eine Frage stellen.«

»Ja.«

»Nehmen wir mal an, ich möchte ein Buch über das Pferd schreiben, von dem du mir erzählt hast …«

»Cup of Tea?«

»Genau.«

»Du weißt doch so gut wie nichts über ihn, Alice.«

»Ja, das stimmt. Aber stell dir einfach mal vor, ich würde ein Buch über Cup of Tea schreiben. Wie könnte ich an Informationen über das Pferd herankommen – Geschichten, Fotos und so was?«

»Du müßtest die Tageszeitungen und die Turfpresse durchsehen. Über Cup of Tea müssen Tausende von Artikeln erschienen sein.«

»Was ist die ›Turfpresse‹?«

»Fachblätter. Zeitungen und Zeitschriften, die sich mit Pferderennsport und Pferdezucht beschäftigen.«

»Gibt es viele davon?«

»Ja, sicher. Den *Turfsport*, zum Beispiel, und die *Chronik des Pferdes*, den *Equus*, die *Galopperzeitung*, das *Fachblatt für Vollblutzucht* – du lieber Himmel, es müssen an die fünfzig Zeitungen und Zeitschriften sein!«

Da Charlie ein wenig die Stimme gehoben hatte, wurde Bushy verunsichert, warf ihm einen bösen Blick zu, sprang widerwillig vom Bett und ging steifbeinig den Flur hinunter, um sich auf das Sofa im Wohnzimmer zu legen.

»Deine Katze hat mir gerade irgend etwas mitgeteilt«, sagte Charlie.

»Dummkopf«, murmelte ich zärtlich. »Schlaf weiter, Charlie.«

Ich drehte mich von ihm weg und wartete, bis ich seinen langsamen, rhythmischen Atem hören und sicher sein konnte, daß er wieder eingeschlafen war.

Was mich betraf, war ich voller gespannter Erwartung. Ich hatte die Absicht, eine Reise in die Vergangenheit zu unternehmen, um mehr über ein Pferd mit Namen Cup of Tea zu erfahren, dessen Reiterin niemand anders als Ginger Mauch gewesen war. Ich wollte mich wieder mit der gerissenen Ginger beschäftigen, der undurchsichtigen Ginger, der gefährlichen Ginger. Mit der möglicherweise inzwischen toten Ginger. Mit der vielleicht sogar unschuldigen Ginger. Mit der kindlichen Reiterin und Geliebten, die nur ihres gebrochenen Herzens wegen die Flucht ergriffen hatte.

Als ich in der Dunkelheit lag und grübelte, überkam

mich die felsenfeste Gewißheit, die richtige Entscheidung getroffen zu haben. Daß es erforderlich war, den Fall Harry Starobin abzuschließen ... und daß ich Ginger finden mußte, um dieses Ziel erreichen zu können ... und daß ich einen anderen Weg einschlagen mußte, sollte ich Ginger nicht auf normalem Wege aufstöbern können. Ja, ein anderer, *ungewöhnlicher* Weg. Dieser Gedanke erregte mich, als wollte ich mich auf die Suche nach dem Stein der Weisen oder dem Heiligen Gral machen. Aber so romantisch und abenteuerlich dieser Gedanke auch war: Ich mußte mit meiner Suche bei einem Pferd beginnen – bei Cup of Tea.

Alice Nestleton, Schauspielerin und Catsitterin, war nunmehr damit beschäftigt, ein Buch über Cup of Tea zu schreiben. Eine dritte Karriere.

Es war lächerlich. Ich kicherte leise. Ich hatte nie besonders gut schreiben können; dennoch hatte ich auf der Grundschule mal einen Preis für einen Katzen-Limerick gewonnen, der so schlecht war, daß er einfach einen Preis bekommen *mußte*:

> Es gab mal ein Katze, die hieß Lily
> Ihr Gesicht war so süß wie Chantilly
> Sie konnte singen und tanzen
> Sie war klug und wunderschön
> Doch ihre Jungen waren doof
> Und furchtbar häßlich anzusehen.

Am nächsten Morgen umarmte Charlie mich so sehnsuchtsvoll wie immer, bevor er sich auf den Weg zur Arbeit machte. Stets umarmte er mich so innig, als würde er mich nie wieder sehen. Als er fort war, stellte ich mich ans Fenster und trank Kaffee. Ich war froh, daß Charlie so früh gegangen war. Unser Liebesverhältnis nahm allmählich seltsame Formen an. Natürlich freute ich mich auf Charlies Besuche. Ich wollte mit ihm schlafen, so oft ich … oder besser … er konnte. Andererseits hatte ich nicht das leiseste Verlangen, außer meinem Bett irgend etwas anderes mit Charlie zu teilen. Wahrscheinlich war ich zu lange allein gewesen.

Um zehn Uhr ging ich aus dem Haus, um meine neue Pseudo-Karriere als Biographin eines Pferdes mit Namen Cup of Tea zu beginnen. Ich wollte zur Bibliothek an der Fifth Avenue. Es war ein klarer, kühler Vormittag, und ich ging in meinem Jeanskleid und dem Wollpullover schwungvollen Schrittes dahin. Ich war so aufgeregt, daß ich manchmal in eine Art Trab verfiel, wie damals, als kleines Mädchen auf der Milchfarm in Minnesota. Ich konnte mich erinnern, daß meine Oma *immer* so gelaufen war.

Als ich zur Fifth Avenue gelangte, verlangsamte ich das Tempo und machte einen Schaufensterbummel, denn irgend etwas beunruhigte mich. Meine Besorgnis hatte aber nichts mit meinem Ziel, der Bibliothek, und den Nachforschungen zu tun, die ich dort aufnehmen wollte. Ich spürte, daß jemand mich beobachtete.

Ich blieb vor einem Geschäft stehen, in dessen Schaufenster eine riesige Auswahl an Sportschuhen ausgestellt war; dann drehte ich mich halb zur Seite und stellte fest, daß ich die Fifth Avenue hinunter in Richtung Innenstadt freie Sicht hatte.

Ich sah sehr viele Menschen, und keiner davon beobachtete mich. Du siehst Gespenster, Alice, sagte ich mir. Selbst wenn der Fahrer des Lieferwagens damals tatsächlich versucht haben sollte, Jo und mich zu töten – das war vor zwei Monaten, und seitdem hatte ich nicht mehr nach Harrys Mördern gesucht.

Dann aber sah ich irgend etwas farbig aufblitzen: eine Fasanenfeder, die unter einem Hutrand steckte. Der Mann, der diesen Hut trug, war zwei Querstraßen von mir entfernt. Als ich ihn entdeckte, bog er von der Fifth Avenue ab, und Mann und Feder waren verschwunden.

Hatte dieser Kerl mich beobachtet? Wie sollte ich das wissen? War es nur eine Wahnvorstellung gewesen, die darauf zurückzuführen war, daß ich mich wieder auf die Suche nach den Mördern Harry Starobins und Mona Aspens begeben hatte?

Ich setzte den Weg zur Bibliothek fort. Als ich den Eingang erreichte, lehnte ich mich draußen vor dem Gebäude gegen eine Mauer. Meine Hände waren verschwitzt. Ich fühlte mich nicht besonders gut.

Ich konnte mich erinnern, wo ich einen Hut mit Fasanenfeder gesehen hatte. Auf Mona Aspens Anwesen. Einen solchen Hut hatte Monas Neffe getragen, Nicholas Hill.

Ich warf einen raschen Blick in Richtung Innenstadt. Der Mann war nicht wieder aufgetaucht. War Nicholas Hill mir gefolgt? Und wenn – warum? Ich konnte mich erinnern, daß ich seine Antworten und seine ganze Art nicht gemocht hatte, damals, als ich mit ihm über Ginger gesprochen hatte. Er war mir verdächtig erschienen.

Doch als ich die Bibliothek betrat, mußte ich diese Gedanken abschütteln. Ich hatte mich seit zwei Monaten nicht mit dem Fall befaßt. War Nicholas Hill in diesen acht Wochen jeden Tag nach New York gekommen? Nur um zu beobachten, wie ich in den Lebensmittelladen ging? Wohl kaum. Nein, ich mußte mich geirrt haben.

Der Bibliothekar, der für die regelmäßig erscheinenden Publikationen verantwortlich war, hatte noch nie von Cup of Tea gehört. Er gab mir den Rat, zuerst im *New-York-Times-Verzeichnis* nachzuschauen, bevor ich mich den diversen Pferde-Fachzeitschriften zuwandte.

Zu meinem Erstaunen stellte ich fest, daß es buchstäblich Hunderte von Artikeln über Cup of Tea gab. Er war offensichtlich der Liebling der Sportredaktion der *Times* gewesen – durchschnittlich alle drei Tage war ein Bericht über das Pferd erschienen. Cup of Tea war sogar an herausgehobener Stelle in einem Leitartikel erwähnt worden.

Ich verbrachte den ganzen Tag vor dem Mikrofilmgerät und las sämtliche *Times*-Artikel, die sich mit der Karriere dieses Pferdes befaßten.

In den Artikeln waren alle möglichen bedeutungslosen, wenngleich liebevoll recherchierten Informationen verstreut: Cup of Tea fraß besonders gern Möhren, die mit Erdnußbutter bestrichen waren; einer seiner Jokkeys war Diabetiker; sein Trainer war dreimal verheiratet gewesen; Cup of Tea hatte in den letzten drei Rennen seiner Karriere gesiegt (und zwar mit einem Vorsprung von zusammengerechnet einundfünfzig Längen), bevor er seinen Job als Deckhengst aufnahm.

Ich verbrachte zwei weitere Tage mit den archivierten *Times*-Ausgaben; dann ging ich zu den Pferde-Fachzeitschriften über und erfuhr sehr viel mehr über Cup of Tea: über seine Gangart, seine Abstammung, sein Training; darüber, welche Hufeisen er bevorzugte, wie er sich im Stall benahm, was er fraß und warum.

Ich wußte wirklich nicht, wonach ich eigentlich suchte, doch was immer es sein mochte – nach sechs Tagen intensiver Recherchen hatte ich es noch nicht gefunden. Und was noch wichtiger war: Ich war auf keinen einzigen Hinweis gestoßen, daß Ginger Mauch eine von Cup of Tea's Reiterinnen gewesen war.

In der darauffolgenden Woche zog ich auf die gegenüberliegende Straßenseite um, in die zentrale Handbibliothek. Dort konzentrierte ich mich mehr auf Bücher als auf Zeitschriften. Während der aktiven Rennlaufbahn von Cup of Tea als Champion-Galopper – 1978–1984 – waren Dutzende von Büchern über Pferderennen und Pferdezucht erschienen, und in einem Großteil dieser Bücher wurde Cup of Tea zumindest erwähnt.

Mein Tagesablauf wurde sehr eintönig: Ausleihzettel beim Bibliothekar abgeben, Bücher aufstöbern, Inhaltsverzeichnisse, Glossare, Fotos und Bibliographien durchschauen, Querverweise notieren. Daß ich oft an Harry dachte, während ich die Bücher durchforschte, war der einzige Grund, daß ich dieses abstumpfende Einerlei durchhielt. Harry wäre stolz gewesen, daß ich meine Angst und meine Skepsis überwunden hatte und mich wieder mit dem Puzzle seines Todes beschäftigte.

Charlie Coombs hingegen war unglücklich. Er beklagte sich immer öfter darüber, daß ich ihn in den zwei, drei Nächten die Woche, die er bei mir schlief, mit den Katzen allein ließ und den ganzen Abend in der Bibliothek verbrachte, bis ich todmüde nach Hause kam. Immer wieder fragte er: »*Du* willst ein Buch über

Cup of Tea schreiben? Erwartest du wirklich von mir, daß ich dir glaube?«

Charlies Beschwerden waren der Grund dafür, daß ich intensiver über ihn nachdachte. Ich kann mich an einen verregneten Dienstag erinnern, als mir der Gedanke kam: Was soll aus Charlie und dir eigentlich werden? Liebt er dich wirklich? Können wir zusammenleben? Ich begann, mir im Geiste Szenarien auszumalen, deren Bandbreite von lächerlichen bis hin zu spitzfindigen reichte; Szenarien von wilden Streitereien, daß die Fetzen nur so flogen – mit anschließender Versöhnung durch hemmungslosen Sex; Szenarien von stürmischen Trennungen und tränenreichen Wiedersehen.

Ich dachte gerade über eines dieser Szenarien nach, als ich die Hand nach einem Buch mit wunderschönem blauem Einband ausstreckte. Es trug den Titel *Vollblüter* und war eines jener schwärmerischen, extravaganten Werke für junge Mädchen, die vollkommen auf Pferde fixiert sind, besonders in den frühen Teenagerjahren. Ich schlug das Inhaltsverzeichnis auf und entdeckte eine Liste der größten Galopper aller Zeiten: Man of War, Whirlaway, Stymie, Northern Dancer, Secretariat, Ruffian, Forego – alle standen drin.

Natürlich auch Cup of Tea, und zwar auf Seite siebenundachtzig. Ich schlug die Seite auf – und erstarrte.

Ich blickte auf ein Foto von Cup of Tea, das ihn nach dem Training beim Absatteln zeigte. Ein Stallbursche hielt ihn am Zügelstrick, während der Trainer dem Pferd den Sattel abnahm. Neben Cup of Tea kauerte eine Trainerin, die irgend etwas an ihrem Stiefel befestigte; den Reithelm hielt sie in der freien Hand.

Es war Ginger Mauch.

Neben dem Pferd stand ein Eimer Wasser, und neben dem Eimer saß eine niedliche Katze mit roten und schwarzen Flecken auf weißem Fell – eine Calico – und blickte Cup of Tea an. Das Fell besaß genau dieselbe Zeichnung wie das der Katze, das ich zusammen mit Harry Starobin auf einem Foto gesehen hatte – jenem Foto, das Jo und ich vor zwei Monaten in Ginger Mauchs verlassener Wohnung entdeckt hatten.

Jo hatte damals gesagt, daß die Katze auf dem Foto die entlaufene Stallkatze sei, Veronica.

12

Ich schlich mich an das kleine Café an der Thirty-fourth Street heran, denn ich spürte tief in meinem Innern, daß Jo Starobin nicht dort war, obwohl sie es versprochen hatte. Ich wußte wirklich nicht, warum ich eine solche Dummheit beging. Doch als ich einen raschen Blick durchs Fenster warf, sah ich Jo an einem der Tische sitzen. Mir fiel ein riesiger Stein vom Herzen. Als ich Jo angerufen und ihr gesagt hatte, daß ich sie treffen wolle, war sie ausgesprochen unfreundlich gewesen und hatte in einem so distanzierten Tonfall zu mir geredet, als hätte ich mich verwählt. Dann hatte sie beiläufig erwähnt, daß sie ohnehin in die Stadt wolle – zu der Bank, in der sich Harrys Schließfach befand. Ob ich mit Donnerstag einverstanden sei?

Ich riskierte einen weiteren Blick und sah, daß Jo seltsam verkrümmt dasaß, als hätte sie Magenschmerzen. Ich machte mir Sorgen und behielt Jo durchs Fenster im Auge. Doch als sie sich aufsetzte, erkannte ich, daß sich auf ihrem Gesicht kein körperlicher Schmerz spiegelte, sondern Verzweiflung. Es sah so aus, als würde die Trauer über den Verlust Harrys sie hin und wieder überfallen und niederdrücken – ganz plötzlich, ohne Vorwarnung.

Ich betrat das Café und setzte mich Jo gegenüber. Sie hatte einen kleinen Tisch an der Wand gewählt, so daß wir ungestört waren. Sie lächelte mich an – ein liebevolles Lächeln – und streckte die Arme über den Tisch hinweg aus. Ich nahm ihre Hände, und wir wußten beide, daß alles wieder in Ordnung war.

Als die Kellnerin zu uns kam, bestellte ich mir einen Espresso, Jo einen Cappuccino. Wir beschlossen, uns ein Stück Schwarzwälder Kirschtorte zu teilen.

Dann erzählte Jo mir ausgiebig von ihrer Eisenbahnfahrt nach Manhattan, doch ich unterbrach sie mitten in ihrem Monolog. Ich konnte nicht warten. Ich zog die Seite mit dem Foto hervor, die ich verbotenerweise aus dem Buch herausgerissen hatte, und legte sie vor Jo auf den Tisch. »Ich habe deine Stallkatze gefunden, Jo.«

»Veronica? Du hast Veronica gefunden?« fragte Jo erstaunt; dann beugte sie sich vor und betrachtete das Foto von Cup of Tea, der Calico-Katze, die neben dem Wassereimer saß und der Trainingsreiterin, die Jo als Ginger identifizierte.

»Sieh dir mal die Musterung des Fells an, Jo«, sagte ich und tippte mit dem Finger auf die Katze. »Genauso wie bei der Katze, von der wir das Foto in Gingers Wohnung entdeckt haben. Du hast damals gesagt, auf dem Foto sind Veronica und Harry zu sehen.«

»Bei Calicos sind Ähnlichkeiten in der Musterung des Felles nichts Ungewöhnliches, Alice.«

»Aber schau sie dir doch genau an!« bettelte ich.

Jo sah ganz genau hin; dann lehnte sie sich zurück. »Alice«, sagte sie seufzend, »dieses Foto wurde schätzungsweise 1981 oder 1982 aufgenommen.«

»Na und?«

»Tja, Veronica ist jetzt ungefähr drei Jahre alt. Sie wurde 1985 geboren. Ich kann mich noch daran erinnern. Sie war ein ausgesprochen kleines Exemplar.«

Ich war wegen der Entdeckung des Fotos so aufgeregt gewesen, daß ich gar nicht an Veronicas Alter gedacht hatte.

»Es *könnte* Veronicas Mutter sein«, fuhr Jo fort. »Sie war auch eine Calico, wenn ich mich recht entsinne. Aber wie soll das Tier nach Maryland gekommen sein? Die Katzen haben niemals unseren Stall verlassen. Und Ginger hat lange Zeit, bevor sie zu uns nach Long Island kam, in Maryland gearbeitet. Nein, Alice, das ist eine andere Calico. Und selbst, wenn die Katze auf dem Foto Veronicas Mutter wäre – was hilft uns das?«

Ich schüttelte zornig den Kopf. Meine bemerkenswerte Entdeckung, daß Ginger und eine Calico-Katze auf ein und demselben Foto zu sehen waren, hatte mich dermaßen in den Bann geschlagen, daß ich gar nicht damit gerechnet hatte, jemand könnte diese Beobachtung mit einem Achselzucken abtun. In den letzten beiden Tagen hatte ich alle Fakten zusammengetragen und mir einen Reim darauf zu machen versucht. Ginger war die Trainingsreiterin eines sehr berühmten Pferdes gewesen. Und dann dieser seltsame Absturz: Aus Ginger wurde ein unbedeutendes Stallmädchen, das für einen Hungerlohn auf einer Farm arbeitete, die praktisch gar nicht mehr existierte. War das nicht sehr eigenartig? Tja, aber jetzt sah es ganz so aus, als wären alle meine Bemühungen ein Schuß in den Ofen gewesen.

Jo streckte die Hand aus, strich sanft über meinen Arm und sagte: »Es ist nichts weiter als ein Foto von einem Pferd und seinem Stallkameraden, bei dem es sich zufällig um eine Calico handelt. Alle Pferde haben kleinere Tiere als Stallkameraden, Alice. Diese Tiere leben mit dem Pferd zusammen; sie spielen gemeinsam, sie reisen gemeinsam. Und sie hängen sehr aneinander! Manchmal kommt es vor, daß ein Pferd vor Kummer verrückt wird oder sich einfach hinlegt und stirbt, wenn sein Stallkamerad getötet wird oder davonläuft. Meistens sind Hunde oder Katzen diese Freunde und Spielgefährten. Aber Rennpferde haben auch Ziegen, Tauben, Kanarienvögel, Schildkröten – und Gott allein weiß, was sonst noch – als Stallkameraden. Ich hatte mal ein Kutschpferd mit Namen Sam. Sam trat keinen Schritt aus seinem Stall, wenn er nicht von seinem Freund begleitet wurde, einer schwarzen Katze mit drei Beinen, die mit Sam im Stall lebte.«

Die Kellnerin brachte uns Kaffee, stellte das Stück Kuchen zwischen uns auf den Tisch und legte zwei funkelnde Gabeln daneben. Jo reichte mir das Foto zurück, und ich ließ es in meiner Handtasche verschwinden.

»Es ist schön, daß du bei mir bist, Alice«, sagte Jo.

Ich lächelte und nickte, um ihr zu zeigen, daß dieses Gefühl auf Gegenseitigkeit beruhte. In diesem Moment entdeckte ich ein seltsames Funkeln in Jos Augen, und ich fragte mich, ob sie von meiner Affäre mit Charlie Coombs wußte. Wahrscheinlich. Aber Jo war zu diskret, dieses Thema anzuschneiden, sofern ich es nicht selbst tat.

»Hör mal, Alice, kannst du morgen nach Long Island kommen?«

»Warum?«

»Monas Möbel werden versteigert. Und ihre Gemälde, ihre alten Sachen ... einfach alles. Mona hatte ein sehr schönes Haus.«

Der plötzliche Themenwechsel traf mich völlig unvorbereitet, und zuerst erwiderte ich nichts.

»Bitte, mach die kurze Reise, Alice. Das Haus wird dir gefallen. Und ich möchte nicht allein dorthin gehen. Außerdem wäre es in Monas Sinn gewesen, wenn ich dafür sorge, daß bestimmte Sachen nicht in die falschen Hände geraten. Wir könnten ein bißchen von Harrys Geld ausgeben und dafür sorgen, daß ein paar von den schönen alten Stücken ein neues Zuhause finden. Bitte, komm. Ich hole dich zur gewohnten Zeit am Bahnhof in Hicksville ab.«

»Also gut«, sagte ich, denn Jos Begeisterung hatte mich angesteckt. Außerdem wollte ich unsere alte Freundschaft wieder aufblühen lassen, auch ohne die zweihundert Dollar am Tag von Jo zu kassieren.

Eine Zeitlang spielten wir schweigend mit den Kaffeetassen. Dann fragte ich Jo: »Hat die Polizei schon etwas Neues herausgefunden?«

»Nichts. Immer wenn sie ich frage, bekomme ich zur Antwort, daß die Nachforschungen noch im Gange sind. Ich wollte wissen, was für Nachforschungen das sind. Da haben die Polizisten mir gesagt, daß sie versuchen, die Fährten der verschwundenen Wertgegenstände anhand einer nicht vorhandenen Inventarliste zu verfolgen. Ich kann die Kerle nicht leiden – und sie mich auch nicht. Die mit ihrer blöden Liste! Mein Mann wurde ermordet!«

»Hast du selbst irgend etwas Neues erfahren, Jo?«

Jo zog die Augenbrauen hoch. »Warum stellst du mir diese Frage, Alice? Schließlich habe ich *deinen* Rat angenommen, die ganze Sache zu vergessen und einfach mein Leben zu leben.«

Betretenes Schweigen.

»Aber ich konnte es nicht finden«, sagte Jo schließlich.

»Was konntest du nicht finden?« fragte ich verwirrt.

Plötzlich begann Jo, mit hektischen Bewegungen unter ihrer Serviette nachzuschauen, unter ihrer Kaffeetasse und schließlich unter dem Tisch.

»Hier ist es auch nicht.«

»*Was* denn?« fragte ich und machte mir allmählich Sorgen um den Geisteszustand der alten Frau.

Jo entspannte sich und grinste. »Das Leben, Alice. Das Leben, das ich ›einfach so‹ führen soll, wie du mir geraten hast.«

Ich wußte nicht, ob ich lachen oder weinen sollte. Jo aber lachte so laut, daß die Kellnerin uns mißbilligende Blicke zuwarf.

Mona Aspens Haus war wirklich wunderschön. Es war ursprünglich ein Farmhaus aus dem achtzehnten Jahrhundert gewesen; Küche, Korridor und Eßzimmer existierten noch. Das Gebäude war mehrmals erweitert und ausgebaut worden, doch selbst der moderne Flügel des Hauses war im Kolonialstil gehalten. Jo und ich schlenderten von Zimmer zu Zimmer, schauten uns Lampen und Stühle und Teppiche an. An jedem Stück war ein gelber Zettel befestigt, auf dem die Auktionsnummer stand. Ein fremder Mann mit schwarzem Hut reichte uns eine Liste, der zu entnehmen war, welche Gegenstände versteigert wurden und zu welchem Preis.

Jo schien alles berühren, alles in sich aufnehmen zu wollen, als wäre sie die eherne Wärterin über die Hinterlassenschaft ihrer ermordeten Freundin. Die Besucher kamen und gingen; einige Leute begrüßten Jo, andere lächelten sie nur an oder nickten ihr im Vorbeigehen zu.

»Ich muß mich ein Weilchen hinsetzen«, sagte Jo schließlich, als sie neben dem Kamin einen Sessel entdeckte. Ich führte sie dorthin.

Nachdem Jo Platz genommen hatte, sagte sie: »Ich vergesse immer wieder, daß du nie in diesem Haus gewesen bist, nur draußen auf dem Stallgelände. Du könntest dir mal Monas Schlafzimmer anschauen. Es ist wundervoll. Inzwischen mache ich hier ein kleines Nickerchen.«

Ich hatte noch keine drei Schritte gemacht, als Detective Senay aus einer Nische auftauchte.

»Sieh an, sieh an. Die Katzenlady«, sagte er. Mir gefiel der Beiklang seiner Stimme nicht. Mir gefiel nicht, wie er mit leichtfüßigen, schnellen Schritten zu mir kam – näher an mich heran, als es für eine normale Unterhaltung erforderlich gewesen wäre. Mir wurde klar, daß dies einer der Gründe dafür war, daß ich diesen Mann nicht leiden konnte: Er rückte mir immer so nahe, als wollte er mich berühren. War das einer der Tricks, den Senay bei inoffiziellen Befragungen Verdächtiger anwandte? Hielt er mich für eine Tatverdächtige?

Ich lächelte und wollte weitergehen.

»Ich habe Nachforschungen über Sie angestellt«, sagte er.

Ich blieb stehen und wandte mich um. »Nachforschungen?«

»Na ja«, erwiderte er, »nicht direkt. Eigentlich habe ich nur mit einigen Leuten im Suffolk County gesprochen, und die haben mir erzählt, daß Sie vor längerer Zeit mit einem Mordfall an einem Dozenten aus Stony Brook zu tun hatten.«

»Nein, Detective, das haben Sie und Ihre Freunde vollkommen falsch verstanden. Ich hatte nichts mit dem Fall zu tun. Ich habe Ihren New Yorker Kollegen nur den Unterschied zwischen Mord und Selbstmord deutlich gemacht. Für sie schien es ein und dasselbe zu sein.«

Was ich da gesagt hatte, gefiel ihm nicht. Ich konnte es ihm nicht verdenken. Aber schließlich hatte *er* angefangen. »Gott bewahre uns vor noch mehr Dilettanten. Sagen Sie mal, haben Sie eine bestimmte Methode, an ein Verbrechen heranzugehen?«

»O ja«, erwiderte ich mit dem angemessenen Maß an Spott. »Ich löse Mordfälle durch Eingeweideschau, wie die alten Römer. Ich schneide Vögeln den Bauch auf und gucke mir die Innereien an.«

»Was Sie nicht sagen. Haben die aufgeschlitzten Vögel Ihnen auch gezeigt, daß zwei Jungen in Manhattan versucht haben, ein Teeservice aus Silber zu verkaufen? Achtzehntes Jahrhundert. Sehr kostbar. Stammt vermutlich aus dem Haus der Starobins.«

Er grinste und ging davon.

»Moment«, rief ich.

»Möchten Sie mir etwas sagen?« fragte er.

»Ja. Ich möchte Ihnen sagen, daß Sie nicht mehr alle Tassen im Schrank haben, falls Sie der Meinung sind, Harry Starobin und Mona Aspen wurden von Dieben ermordet, die auf der Suche nach Tafelsilber waren.«

Er zwinkerte mir zu, als wäre ich eine mitleiderregende Verrückte; dann schlenderte er davon.

Es dauerte ein paar Minuten, bis mein Zorn sich gelegt hatte. Aber dann handelte ich so, wie Jo es mir aufgetragen hatte: Ich suchte und fand einen langen Flur, der in einen Salon und von dort aus zu einer Treppe führte. Als ich hinaufstieg, rechnete ich damit, auf einen feuchtkalten, dunklen Dachboden zu gelangen. Statt dessen tat sich plötzlich ein großes, lichtüberflutetes Schlafzimmer vor mir auf.

Der Anblick nahm mir den Atem. Für einen Moment sehnte ich mich danach, auf dem Lande zu leben und in einem solchen Haus zu wohnen, in einem solchen Zimmer zu schlafen. Ich stellte mir vor, wie Bushy und Pancho stundenlang aus den vielen Fenstern blickten und glückselig die Eichhörnchen und Vögel beobachteten, die sich praktisch vor ihren Nasen auf den Ästen und Zweigen der Bäume tummelten.

Dann begann ich mit der Durchsuchung des Zimmers. Die Möbel waren alt und schlicht – Eiche und Kirschbaum. Das Himmelbett war winzig und zerbrechlich und wurde von zwei fadenscheinigen, verblichenen Tagesdecken geziert. Eine davon besaß ein Sonnenblumenmuster.

An der längsten Wand hingen zwei Ölgemälde nebeneinander. Auf beiden waren Pferde zu sehen. Zwischen den Fenstern an der kürzeren Wand hingen alte, wasserfleckige Kupferstiche, die Vögel zeigten; darunter war ein wunderschöner Stich eines Eistauchers in dunklem, mattem Lila und Schwarz. Wie in sämtlichen anderen Zimmern von Monas Haus waren auch hier an allen Gegenständen kleine gelbe Zettel mit Auktionsnummern befestigt.

»Phantastisch, nicht wahr?«

Die Stimme kam aus Richtung der Treppe.

Ich fuhr herum. Monas Neffe, Nicholas Hill, stand in der Tür. Sein plötzliches Erscheinen jagte mir Angst ein. Für einen Augenblick mußte ich an den Mann mit dem gefiederten Hut denken, den ich auf der Fifth Avenue gesehen hatte. War es doch Nick Hill gewesen? Diesmal trug er keinen gefiederten Hut. Er war ganz normal gekleidet; allenfalls die sehr altmodische Krawatte, auf die eine Art Abzeichen gestickt war, fiel aus dem Rahmen.

Ich kämpfte meine Furcht nieder. Warum sollte ich Angst vor dem Kerl haben? Wie kam ich eigentlich auf den Gedanken, daß er mir etwas antun wollte? Hielt ich ihn für den Fahrer des roten Lieferwagens, der Jo und mich beinahe ins Jenseits befördert hatte? Jo hatte Nicholas Hill als ›besessenen Spieler‹ bezeichnet – aber das mußte ja nicht gleich bedeuteten, daß er seine Tante ermordet hatte, um an ihr Geld zu kommen. Ich konnte mich erinnern, wie gramgebeugt er nach Monas Ermordung gewesen war. Ich mußte daran denken, wie er und Jo sich in ihrer gemeinsamen Trauer umarmt hatten.

Nick Hill kam ins Schlafzimmer und trat an eines der Fenster. Angesichts seiner langsamen, bedächtigen Bewegungen blieb ich wachsam. Für einen Moment erwischte ich mich dabei, wie ich seinen Körperbau abschätzte und mir die Frage stellte, ob er stark genug war, Leichen an Kleiderhaken zu hängen. Aber nein, das war Unsinn.

Falls Nick Hill aber doch jener Mann gewesen war,

der mich auf der Fifth Avenue beobachtet hatte, dann war er jetzt vielleicht ins Schlafzimmer gekommen, um eine bestimmte Sache zu Ende zu bringen …

Seine Hände kamen mir auf einmal noch größer und kräftiger vor als damals, als ich ihn in der Scheune beim Reinigen der Schaufel beobachtet hatte.

»Gefallen sie Ihnen?« fragte er und zeigte auf die beiden Ölgemälde mit den Pferdemotiven.

Ich schaute mir die Bilder noch einmal an. Jetzt erst fiel mir auf, daß neben dem linken Bild ein rechteckiger Fleck an der Wand zu sehen war, heller als die Tapete und genauso groß wie die beiden Gemälde. Offenbar hatte dort ein drittes Bild gehangen. War es schon versteigert worden?

»Ja, sie gefallen mir. Aber ich bezweifle, daß ich mir eins leisten kann«, erwiderte ich. »Nicht mal einen der vergilbten Kupferstiche dort drüben.«

Nicholas nickte und trat näher an die Gemälde heran. »Meine Tante hat diese Bilder geliebt. Sie sind von Becker. Er hat die Pferde hier bei uns gemalt, als sie auf der großen Weide hinter dem zweiten Stall gegrast haben.«

»Haben die Pferde Ihrer Tante gehört?« fragte ich.

»Oh, Gott, nein. Das sind berühmte Rennpferde. Das hier ist Lord Kelvin. Und diese Stute hier heißt Ask Me No Questions. Beide haben in vielen großen Zuchtrennen gesiegt. Mona hatte diese Pferde eine Zeitlang hier in Obhut. Das eine hatte sich den Vorderlauf verstaucht. Das andere hatte … habe ich vergessen. Meine Tante hat sie jedenfalls gesund gepflegt. Als die beiden wieder an den Start gingen, haben sie ein Rennen nach dem anderen gewonnen.«

Plötzlich stieß er zornig die Hände in die Taschen

und drehte sich um, als wäre die Preisgabe dieser Erinnerungen ein Verbrechen gewesen. »Aber wenn ich mich recht entsinne, hatte ich Ihnen schon mal erzählt, daß meine Tante eine Vorliebe für verletzte Menschen und Tiere hatte«, fuhr er fort. »Sobald es ihnen besser ging, hat Mona sich kaum mehr für sie interessiert.«

Er war jetzt sehr nahe an mich herangekommen, und wieder stieg Angst in mir auf. Ich hörte, wie jemand die Treppe heraufkam. Dann machte der Unbekannte kehrt, und seine Schritte wurden leiser, als er die Treppe hinunterstieg.

»Ich muß zurück zu Jo«, sagte ich.

»Dann gehen Sie«, erwiderte er mit bitterer Stimme, als hätte ich ihn irgendwie verraten. Ich huschte an ihm vorbei und flitzte die Treppe hinunter.

Als ich Jo durch das ganze Haus begleitet hatte, war ich völlig erschöpft. Ich bereute schon, überhaupt hierher gekommen zu sein, auch wenn ich wußte, daß Jo meine Reise als Wiederherstellung unserer Freundschaft betrachtete. Doch als sie mich fragte, ob ich sie noch zur Starobin-Farm begleiten wolle, lehnte ich höflich ab und bat sie, mich zum Bahnhof der Long Island Rail Road zu bringen. Widerwillig fuhr sie mich dorthin.

Als der Zug aus dem Bahnhof von Hicksville rollte, nahm ich eine Taschenbuchausgabe von *Romeo und Julia* aus der Handtasche und gab mir selbst das Versprechen, die Eisenbahnfahrt dazu zu nutzen, endlich einmal gründlich über Carla Frieds Angebot nachzudenken, die Rolle der Wärterin zu spielen. Aber ich kam nur bis zum ersten Akt, zweite Szene; dann fielen mir die Augen zu. Ich döste ein, wachte auf und döste wieder ein.

Als der Zug langsamer wurde und ein Schild mit der Aufschrift ›Jamaica‹ am Fenster vorüberglitt, schreckte ich hoch und blickte mich verzweifelt um. Es war natürlich Jamaica, New York; aber ich wußte nicht, ob ich umsteigen mußte. Doch der Schaffner versicherte mir, daß der Zug bis nach Manhattan durchfahre. Erleichtert ließ ich mich in die Polster zurücksinken. Als ich mich entspannte, erinnerte ich mich plötzlich, daß ich von den beiden Pferden geträumt hatte, deren Bilder in Monas Schlafzimmer hingen.

Wie waren ihre Namen gewesen? Ich griff in die Manteltasche und nahm die Auktionsliste heraus, die mir der Mann mit dem schwarzen Hut beim Betreten des Hauses gegeben hatte. Ich suchte die Gemälde heraus, die zum Verkauf standen. Aha, da waren die zwei Pferdebilder – viertausendsiebenhundert Dollar das Stück! *Lord Kelvin* und *Ask Me No Questions*.

Was für seltsame Namen manche Rennpferden hatten! Ich war im Begriff, die Liste zusammenzuknüllen und wegzuwerfen, als ich mich an den hellen, rechtekkigen Fleck erinnerte, den ich neben den Gemälden an der Wand des Schlafzimmers entdeckt hatte und der darauf hindeutete, daß dort ein drittes Bild gehangen hatte.

Neugierig schaute ich mir den nächsten Eintrag auf der Liste an. Über dem Namen befand sich ein Stempel-Aufdruck: VERKAUFT.

Es hatte tatsächlich ein drittes Pferdegemälde existiert. Ein Gemälde von *Cup of Tea*.

13

Am Mittag des nächsten Tages rief Charlie Coombs an. Es sei eine gute Woche für ihn gewesen, sagte er. Seine Pferden siegten. Er wolle früh zu mir kommen und mich zu einem opulenten Abendessen ausführen. Ich schlug ihm ein indisches Restaurant in der Nähe meiner Wohnung vor. Charlie sagte, er habe noch nie im Leben indische Speisen gegessen, aber für mich würde er alles tun.

Er kam gegen sechzehn Uhr zu mir. Wir saßen eine Zeitlang beisammen und unterhielten uns; dann spielten wir mit den Katzen; dann schliefen wir miteinander, und dann gingen wir essen.

Es war eines von den kleinen indischen Restaurants an der Lexington Avenue. Von außen war es unscheinbar, doch das Innere war ein verrücktes Wirrwarr aus Farben: schwarze Kerzen, rosa Tischdecken, Teller mit kunterbunten Blumenmustern. Charlie studierte sorgfältig, beinahe schon ängstlich die Speisekarte, doch offensichtlich war er gar nicht richtig am Essen interessiert.

Es war seltsam. Ich konnte sein Verhältnis zu mir sehr viel besser begreifen als mein Verhältnis zu ihm. Ich wußte, wie stark ich sein Leben beeinflußte. Aber das war auch schon alles.

Es war das Größte für Charlie, mit mir zusammen zu sein. Ich machte einen Erwachsenen aus diesem großen Jungen.

Doch Charlie wollte sehr viel mehr von mir, als nur mit mir ins Bett zu gehen. Aber er konnte dieses ›mehr‹ nicht artikulieren, geschweige denn zustande bringen. Er spürte, daß ich ihm fern war und daß ich allmählich aus seinem Leben verschwinden würde; denn er war einfach nicht der Typ, an den man sich ein Leben lang binden konnte. Ich erweckte bei ihm eine Art Unterlegenheitsgefühl; ob es gerechtfertigt war, konnte ich nicht sagen. Ich wußte zwar, daß Charlie ein lieber, netter Kerl war; aber ich hatte keine Ahnung, was er wirklich *wert* war – sofern ich die inneren Werte eines Mannes überhaupt einschätzen konnte.

Er wollte mir von seinem Leben erzählen, von seiner Arbeit, von dem, was er liebte, und dem, was er haßte ... aber irgendwie brachte er es nie fertig. Er schien immer zu befürchten, daß es mich nicht interessiert könnte ... daß ich ihm überlegen war ... daß ich anders als er dachte.

Ich wußte, daß er meinen Körper liebte, mein Gesicht, mein langes Haar, die Art und Weise, wie ich den Kopf zur Seite neigte, bevor ich etwas sagte, und wie mein Gesicht plötzlich ausdruckslos wurde, wenn ich einen meiner plötzlichen Stimmungsumschwünge hatte, die ich einfach nicht in den Griff bekam. Ich wußte, daß er mich besitzen und mich beschützen wollte. Armer, netter, verzweifelter Mann. Ich wußte, daß er sich in seiner Phantasie ausmalte, ich würde mit der richtigen Balance von Herz und Hirn altern, so, wie ein gutes Pferd altert.

Das alles wußte ich. Doch welche Auswirkungen Charlies Gefühle auf mich selbst hatten – darüber wußte ich so gut wie nichts. Und was ich wußte, konnte ich nicht in Worte kleiden.

Charlie entschied sich für Lamm mit Spinat; dazu einen Mango-Drink.

Ich bestellte mir eine Auswahl kleiner Appetithappen; ich wollte keines der Hauptgerichte.

Es tat mir gut, Charlie gegenüberzusitzen. Ich mochte seine harmlosen schlechten Angewohnheiten; eine davon stellte er an diesem Nachmittag unter Beweis, denn er war lässig wie immer gekleidet: kurze Jeansjacke, kariertes Hemd ohne Krawatte, hellbraune Cordhose und die geliebten roten Schuhe. Er hätte genausogut auf seinem Stallgelände sein können.

»Ich hätte dir gern ein paar Fragen über Pferde gestellt«, sagte ich.

»Schieß los. Das ist mein Job.«

»Hast du schon mal von einem Galopper mit Namen Lord Kelvin gehört?«

»Na klar. Eins von meinen Pferden ist mal auf der Bahn in Philadelphia gegen ihn gelaufen. Beim Keystone-Zuchtrennen, über fünfzehnhundert Meter. Lord Kelvin hat gesiegt. Mein Gaul kam als sechster rein.«

»Ist an diesem Lord Kelvin irgend etwas Besonderes?«

»Was Besonderes? Wie meinst du das?«

»Hat er eine so steile Karriere wie Cup of Tea gemacht?«

»Weiß ich nicht. Lord Kelvin war ein Klasse-Galopper, wurde aber nie ›Pferd des Jahres‹. Ich weiß nicht mal, ob er überhaupt noch läuft.«

Andere Paare kamen ins Restaurant. Um uns herum entstand leises, monotones Gemurmel.

»Was ist mit Ask Me No Questions?«

Charlie hob die Brauen. Es verwirrte ihn ein bißchen, diese Namen aus dem Mund einer Frau zu hören, die nicht die leiseste Ahnung hatte, was den Pferderennsport betraf.

»Ein hübsches Pferd. Eine Stute. Ein großes graues

Mädel, Stockmaß ungefähr ein Meter sechzig. Sie ist meistens auf der Gulfstream-Bahn in Florida gelaufen. Hat vor zwei Jahren in Belmont das große Stutenrennen gewonnen.«

»Ist an ihr etwas Bemerkenswertes?«

»Überhaupt nichts, soviel ich weiß. Bis auf die Farbe. Und sie war ein Spätzünder. Als Zweijährige war sie eine Niete. Hat erst mit vier Jahren ihr erstes Rennen gewonnen. Aber dann wurde sie eine echte Kanone. Billy Patchen hat sie trainiert.«

Ich nickte und konzentrierte mich für einen Moment auf das Essen, das der Ober soeben serviert hatte. Ich spürte, daß meine halbherzige Fragerei Charlie zu ärgern begann. Er wollte immer wissen, um was es eigentlich ging. Aber wie sollte ich meine Fragen in irgendeinen Zusammenhang bringen? Ich suchte nach Informationen, ohne zu wissen, welcher Art diese Informationen waren.

»Sollte ich mehr über diese Pferde wissen?«

Ich lächelte ihn an, erwiderte aber nichts.

»Zum Teufel«, sagte er, nun sichtlich wütend. »Was soll das alles? Ich erzähle dir hier was vom Pferd und weiß nicht einmal, wo du gestern den ganzen Tag gesteckt hast. Ich habe acht Stunden immer wieder versucht, dich telefonisch zu erreichen, verdammt!«

Meine Gabel verharrte auf halbem Wege zum Mund. So wütend hatte ich Charlie noch nie erlebt.

»Ich nehme an«, fuhr er sarkastisch fort, »daß ich über die Reisen der Alice Nestleton nichts erfahren darf. Schließlich gehe ich ja nur mit ihr ins Bett, weiter nichts.«

Ich legte die Gabel auf den Tisch und starrte sie an. Warum hatte er das Wort ›Reisen‹ benutzt?

Hatte er *gewußt*, daß ich zur Versteigerung von Mona Aspens Hinterlassenschaft nach Long Island gefahren war?

Aber wie hätte er davon wissen können?

Hatte er wirklich acht Stunden lang versucht, mich anzurufen, oder wollte er mit einer Lüge übertünchen, daß er irgend etwas wußte?

Wenn Charlie Coombs gar nicht der Mann war, für den er sich ausgab – was dann? Wenn er den Liebhaber nur spielte? War es Zufall, daß er genau zu dem Zeitpunkt auf der Bildfläche erschienen war, als ich die Nachforschungen über den Mord an Harry Starobin aufgenommen hatte? Es war sehr gut möglich, daß er Ginger Mauch viel besser gekannt hatte, als er behauptete ... vielleicht war er sogar ihr Liebhaber gewesen, genau wie der alte Harry.

»Ich möchte gern eine Antwort«, sagte Charlie mit leiser, aber drohender Stimme.

Was war, wenn die Affäre zwischen Charlie und mir inszeniert war, damit er mich im Auge behalten konnte?

Oder um mein Interesse von den Morden abzulenken?

Bei dem Gedanken, daß Charlie Coombs auf irgendeine Weise in die schreckliche Geschichte verwikkelt war, in die Morde an Harry und Mona, stieg Entsetzen in mir auf.

»Wenn du dich nicht sofort dazu herabläßt, mir eine Antwort zu geben, Alice, gehe ich auf der Stelle, und du siehst mich nie wieder!«

Eine Antwort? dachte ich. Auf welche Frage, Charlie?

Seine Stimme hatte vor Wut gezittert ... und vielleicht auch vor Scham.

Ich konnte ihn nicht anschauen. Aber ich spürte ihn, als würde er größer und größer; als würde er über dem Tisch schweben ... darüber ... darunter ... dahinter. Ich schloß die Augen. Dann konnte ich ihn in mir spüren ... auf sexuelle Weise ... als würden wir miteinander schlafen. Ich spürte eine Art Gleichklang, wie der Rhythmus körperlicher Liebe. Für einen Augenblick haßte ich ihn so sehr, wie ich nie im Leben einen Menschen gehaßt hatte. Für einen Augenblick liebte ich ihn so sehr, daß ich für ihn gestorben wäre. Ich erlebte verrückte, irrsinnige, berauschende Sekunden. Zum ersten Mal, seit ich Charlie kannte, erwiderte ich unbewußt seine Leidenschaft. Doch es war alles nur Verrat.

»Verschwinde«, sagte ich und lächelte wütend meine Gabel an.

Er stand auf und ging.

14

Ich blickte auf den Inhalt des Schranks im Korridor, in dem ich meine gesamte Kleidung untergebracht hatte. Ich bekam Depressionen; ich konnte es spüren. Eine dieser zermürbenden, abstumpfenden Depressionen, die Körper und Geist lähmen. Ich mußte aus dem Haus, mußte unter Menschen.

Stundenlang hatte ich über den Bruch mit Charlie Coombs nachgedacht. Ergebnislos. Die ganze Geschichte war zu verwirrend und nahm mich zu sehr mit.

Natürlich war mir klar, daß ich diesen Bruch vor allem durch mein Verhalten herbeigeführt hatte – und daß dieses Verhalten bei mir durch die Angst und den

Verdacht entstanden war, Charlie könnte an dem Mordkomplott beteiligt sein. Doch es konnte nicht nur an meinem Verhalten gelegen haben, daß der sonst so sanfte und freundliche Charlie Coombs sich schlagartig in einen ausfallenden und eifersüchtigen Liebhaber verwandelt hatte.

Als wäre plötzlich ein anderer aus Charlies Körper hervorgebrochen, wie ein Schmetterling aus der Puppe, ging es mir durch den Kopf. Und auf diesen neuen, anderen Charlie Coombs könnte ich sehr gut verzichten.

Ich suchte mir mein langes weißes Blanche-Dubois-Kleid aus dem Schrank. Aus einer Schachtel, die oben auf dem Schrank lag, nahm ich einen breitrandigen Schlapphut mit einem schwarzen Band um die Krone. Zum Schluß nahm ich ein Paar rote Lederschuhe vom Boden des Schranks.

Es war halb sieben am Abend, als ich in meinem antidepressiven Outfit die Wohnung verließ. Ich war kaum eine Querstraße weiter, als mir die verwirrten Blicke der Passanten verrieten, daß ich für mein Alter und die Jahreszeit höchst eigenartig gekleidet war. So zog sich allenfalls eine junge Frau an einem sehr heißen Sommertag an. Doch die Blicke der Leute ließen mich kalt. Ich hatte ein Ziel – ein neue Bar namens Brights an der dreiundzwanzigsten Straße.

Ich war noch nie dort gewesen, und ich hatte nicht die leiseste Ahnung, warum ich an diesem Abend ausgerechnet dorthin ging. Doch wenn man gegen eine aufkeimende Depression ankämpft, ist man gezwungen, seltsame Bündnisse einzugehen.

Das Brights war im neuesten Minimalistik-Stil eingerichtet: sehr hell erleuchtet, viel leerer Platz zwischen den hölzernen Tischen und – wie Pfirsiche in einer Wüstenlandschaft – ein paar Wandgemälde in grellen Farben. Das ganze Ambiente sollte offenbar irgend etwas bewirken; doch dieses Irgend etwas kam nicht zustande.

Als ich das Brights betrat, sah ich, daß sich am hinteren Ende der Bar die Gäste drängten, während die andere Seite leer war. Ich setzte mich auf einen Hocker zwischen diese beiden Extreme, nahm meinen Hut ab und legte ihn auf den Hocker neben mich.

Der Barkeeper, ein junger Mann mit sorgfältig frisiertem rotem Haar und offenem weißem Hemd, legte eine Serviette vor mich auf den Tresen und lächelte. In einer Ecke der Serviette war der Name der Bar eingeprägt. Praktisch war überall, wohin ich auch blickte, der Name eingeprägt: auf den Streichholzheftchen, auf den Rührhölzern, auf den Uhren.

»Ein Glas Rotwein«, sagte ich.

Wein hält einem häßliche Depressionen vom Leibe. Brandy ist gut bei Angstgefühlen; aber für Depressionen ist Wein besser geeignet.

Der Wein wurde mir in einem so riesigen Glas serviert, daß drei normale Weingläser in dieses Jumbo-Gefäß hineingepaßt hätten. Ich nahm einen Schluck und lauschte dem Gelächter, das vom anderen Ende der Bar, wo sich die Menschentraube gebildet hatte, zu mir herüberdrang. Ich blickte aus dem Fenster auf den Straßenverkehr, beobachtete die Gäste sowie den Barkeeper bei der Ausübung seines Berufes.

Als ich das Jumbo-Glas ausgetrunken hatte, fühlte ich mich entspannter. Die Gefahren erschienen mir kleiner, und dadurch schwand meine Angst. Als ich mir ein zweites Glas Wein bestellte, bemerkte ich, wie die bislang leere Seite der Bar sich mit Frauen und Männern zu füllen begann, die offenbar nach der Arbeit auf ein Gläschen hier hereinschauten.

Wer waren diese Leute? Wo arbeiteten sie? Wo wohnten sie? Ich wußte es nicht. Sie trugen Aktenkoffer ... sie trugen klcine Einkaufstaschen ... sie trugen kleine, sorgfältig zusammengefaltete Regenschirme ... sie trugen alle Arten von Verbrechen in ihren Herzen.

Bei dem letzten Gedanke mußte ich kichern. Wie poetisch. Verbrechen im Herzen.

In diesem Augenblick kamen zwei Bekannte aus meiner Nachbarschaft herein und setzten sich links und rechts neben mich. Was hatten die beiden in einer Schickimicki-Bar wie dem Brights zu suchen? Hatten sie sich verlaufen? Oder brauchten auch sie das Brights, um Depressionen zu heilen, so wie ich? Ich hatte meinen Hut vom Hocker genommen und wußte jetzt nicht so recht, wohin damit, doch einer der beiden Männer war so höflich und legte den Hut auf ein Regal hinter dem Kassierer.

Ich wandte mich wieder meinen Problemen zu und fragte mich, wie meine nächsten Schritte aussehen sollten, was die Nachforschungen betraf. Schon der Gedanke machte mich krank, mich noch einmal in der Bibliothek mit ihren infernalischen Mikrofilm-Geräten herumzuplagen, um Informationen über Lord Kelvin und Ask Me No Questions aufzuspüren, wie ich es bei Cup of Tea getan hatte. Außerdem war Cup of Tea ein Medienstar gewesen, und den Informationen nach zu urteilen, die Charlie Coombs mir über die beiden anderen Pferde gegeben hatte, galt dies bestimmt nicht für sie.

Ich brauchte jemanden, der sich mit Rennpferden

und Rennbahnen auskannte. Charlie Coombs war aus meinem Leben verschwunden. Außerdem konnte ich ihm sowieso nicht trauen – genausowenig wie Nicholas Hill, der ebenfalls als Fachmann in Frage gekommen wäre.

Und was Jo betraf ... na ja, zum einen verstand sie bestimmt nicht genug von Pferden, zum anderen wollte ich sie und ihren neu erworbenen Reichtum nicht schon wieder in diese Sache hineinziehen.

Ich starrte auf mein zweites Glas Wein. Ob Ginger mich beobachtete und sich krumm und schief über mich lachte? Bei diesem Gedanken verzog ich das Gesicht.

An einem Ende der Bar war ein Streit entbrannt. Ich hörte, wie eine Frau einen Mann anschrie, der neben ihr saß: »*Du* brauchst mir nicht zu sagen, was er über mich erzählt hat! Ich habe das Seminar besucht, nicht du!«

Als die Frau daraufhin aus der Bar stürmte, blieb mir das Wort ›Seminar‹ haften. Ach Gott, wie schön es doch war, dieses Wort mal wieder zu hören. Wie lange war es her, seit ich ein Seminar besucht hatte?

Plötzlich fiel mir ein bestimmter, vergessen geglaubter Begriff ein: Dramatic Workshop. Dort hatte ich 1970 oder 1971 bei Saul Colin studiert.

In diesem Zusammenhang erinnerte ich mich an Anthony Basillio, den Bühnenbildner. Er war ein leidenschaftlicher Zocker gewesen und hatte die Pferderennbahnen unsicher gemacht. Ich lehnte mich zurück, voll ehrfürchtiger Scheu angesichts des Wiederauftauchens längst verloren geglaubter Erinnerungen.

Ja, natürlich, der wundervolle, wettverrückte Anthony Basillio würde mir helfen. Ich hatte ihn bei einer Vorlesung über Brecht am Dramatic Workshop kennengelernt. Der Gastdozent war kein Geringerer als Erwin Piscator gewesen, der ehemalige Direktor von Brechts Berliner Ensemble. Ein alter, hochintelligenter, schwieriger Mann.

Basillio hätte während der Vorlesung hinter mir gesessen. Er war hochgewachsen und mager und hatte eine unreine Haut. Vor allem aber war er ein lustiger Vogel gewesen. Einmal hatte er Fats, seine Katze, in einer Einkaufstüte aus Papier mit ins Seminar gebracht. Fats war die kräftigste und böseste Katze, die ich je gesehen hatte, gestählt durch unzählige Kämpfe auf den Straßen New Yorks. Der dicke Kopf ragte scheinbar ohne Hals aus dem mächtigen Körper, und das verrückte Biest fauchte und drohte ständig, mit den Krallen nach uns zu schlagen. Doch Anthony hatte uns damals gesagt, wir bräuchten keine Angst zu haben; im Grunde sei Fats eine richtige Schmusekatze. Außerdem die einzige Katze in Manhattan, die Texte zu Rockmusik schreiben und beim Pferderennen stets den Sieger vorhersagen könne.

Als ich daran dachte, mußte ich laut lachen; dann bemerkte ich, daß die beiden Männer neben mir mich anstarrten. Verschämt nahm ich mein Weinglas und nippte daran.

Ich konnte mich erinnern, daß die Seminare in den alten Dramatic-Workshop-Studios stattgefunden hatten, an der Fifty-first Street und dem Broadway, gegenüber vom Kapitol-Theater. Nach den Veranstaltungen waren viele Seminarteilnehmer in eine Kneipe an der Eighth Avenue gegangen.

Damals hatten wir eine Zeit der Unruhe in der New Yorker Theaterwelt erlebt. Die verschiedensten radikalen Theatergruppen waren zu plötzlichem Ruhm gelangt, um dann genauso plötzlich wieder in der Versenkung zu verschwinden. Auch in der Zusammensetzung der Workshop-Besucher hatte sich diese bislang ungekannte Vielfalt gezeigt: Akademiker, Showgirls vom Broadway, Regisseure, Bühnenarbeiter, Techniker, berühmte und unbekannte Schauspieler, Kritiker, Produzenten, Rezensenten. Die verschiedensten Menschen mit den verschiedensten Vorbildungen hatten den Dramatic Workshop besucht.

Es war eine tolle, wilde, schöne Zeit gewesen.

Wenn wir nach den Seminaren in die Kneipe gegangen waren, hatte Anthony uns oft davon vorgeschwärmt, daß er an mehreren Bühnenbildern für *Mutter Courage* arbeitete, die diesem Brecht-Schauspiel vollkommen neue Dimensionen eröffnen würden. Manchmal hatte Anthony viel Geld dabei, gab jedem von uns Drinks und Cheeseburger aus und erzählte allen, er habe das Geld beim Pferdewetten gewonnen. Oft prahlte er damit, daß er seinen Lebensunterhalt allein von den Wettgewinnen beim Galopprennen bestreiten könne.

Einmal hatte Anthony sich so sehr aufgeblasen, daß es zu einer Schlägerei kam und wir anderen ihn aus der Kneipe warfen. Beim nächsten Treffen der Seminarteilnehmer hatte er sich entschuldigt und erklärt, daß er schon des öfteren dumm und unbesonnen gehandelt habe, da er in einem vergangen Leben ein Rennpferd gewesen sei. »Und jeder weiß«, hatte er gesagt, »daß Rennpferde dumme Tiere sind. Denn ob sie siegen oder nicht – sie bekommen immer das gleiche Futter.«

Ja, Anthony Basillio konnte mir bestimmt Auskünfte über Lord Kelvin und Ask Me No Questions geben.

Ich bezahlte den Wein und eilte aus der Bar. Eine Querstraße weiter fiel mir ein, daß ich meinen Hut vergessen hatte. Ich wollte schon zurückgehen, beschloß dann aber, den Hut ein andermal zu holen.

In meiner Wohnung schritt ich nervös auf und ab und versuchte mich zu erinnern, wer Anthony Basillio damals gekannt hatte und wer mir vielleicht Auskunft geben konnte, wo er heute zu Hause war. Ich schnappte mir ein Notizbuch und das Telefonbuch und setzte mich an den Apparat.

Zuerst einmal die Namen aus der Vergangenheit: Schauspieler, Schauspielerinnen, Regisseure, Produzenten, Schauspiellehrer – Namen, an die ich seit Jahren nicht gedacht hatte, von denen mir aber immer mehr einfielen, als ich damit angefangen hatte, sie aufzuschreiben.

Zuerst kamen die Namen, dann die Gesichter, dann die Erinnerungen.

Normalerweise hätte ich Bedenken gehabt, diese Leute aus heiterem Himmel anzurufen; aber ich hatte ein Problem, das ich allein nicht lösen konnte. Also los, wähle einfach die Nummern, sagte ich mir.

Das tat ich dann auch. Einige der alten Bekannten freuten sich riesig, von mir zu hören. Manche wollten sich ausgiebig mit mir darüber unterhalten, was in all den Jahren geschehen war, und sich mit mir zum Essen treffen. Viele Namen standen nicht im Telefonbuch; doch andere alte Bekannte gaben mir Nummern von Leuten, die mir vielleicht weiterhelfen konnten.

Doch niemand in diesem sich ausbreitenden Netz aufsteigender Erinnerungen konnte mir sagen, was aus Anthony Basillio geworden war – falls sie ihn überhaupt gekannt hatten.

Ich blickte auf die Uhr. Seit zwei Stunden telefonierte ich ununterbrochen. An die Rechnung wollte ich lieber nicht denken. Meine Hand am Hörer war verkrampft, meine Kehle rauh. Jeder Anruf, jeder erste Satz wurden schwieriger.

»Hallo, hier ist Alice Nestleton. Vielleicht kannst du dich noch an mich erinnern ...«

Dann das unvermeidliche Schweigen, gefolgt von: »Du liebe Güte, ja – Alice! Mein Gott, ist das lange her.«

Um halb zehn gestand ich mir nur noch sechs Anrufe zu. Mit dem dritten erreichte ich Winslow Jarvis, einen Schwulen, der Mitglied der berühmten 1969er Dionysos-Theatertruppe an der Wooster Street gewesen war.

»Natürlich kenne ich Basillio«, sagte Jarvis, nachdem wir ein paar Höflichkeitsfloskeln ausgetauscht hatten. »Habe ihn allerdings seit Jahren nicht gesehen. Soviel ich weiß, gehört ihm eine Kette kleiner Fotokopier-Läden in Greenwich Village und der Lower East Side. Die Läden haben einen komischen Namen. Hat irgendwas mit Brecht zu tun, glaube ich.«

»Mutter Courage?« fragte ich.

»Ja! Genau!«

Ich bedankte mich und legte auf. Daß Anthony Basillio heute eine Kette kleiner Fotokopier-Läden gehörte, kam mir wie die traurigste Geschichte vor, von der ich in meinem ganzen Leben gehört hatte.

15

Als ich ein Kind war, hatte meine Großmutter eine Hauskatze namens Peter, die sich standhaft weigerte, von einem Teller zu fressen. Meine Oma war ziemlich stolz auf Peter gewesen und hatte von ihm behauptet, daß man ihm trauen könne, weil er nicht von einem Teller fräße. Diese eigenartige Logik hatte ich nie begriffen – aber ich hatte immer schon ähnlich absurde Gedanken gehabt, wenn ich an Anthony Basillio dachte.

Jedenfalls machte ich mich auf die Suche nach ihm. Der am nächsten gelegene Laden der Mutter-Courage-Kopierkette befand sich an der Second Avenue. Nein, sagte das Mädchen hinter dem Ladentisch, Mr. Basillios Büro befände sich in seinem Geschäft an der Sixth Avenue, in Prince.

Gegen Viertel nach elf erreichte ich den Laden. Er war größer als der, in dem ich zuvor gewesen war; der hintere Teil war ein Komplex aus kleinen Büros und winzigen Lagerräumen. Hinter dem Ladentisch standen drei oder vier junge Männer und bedienten einen steten Strom von Kunden. Die Kopiergeräte – sämtliche Größen und Fabrikate – summten leise vor sich hin.

Ich stellte mich ein Stück abseits, um mich optisch vom Rest der Kundschaft abzuheben. Schließlich kam einer der Angestellten zu mir. Er trug eine seltsame Lederschürze, wie ein Drucker in vergangen Zeiten. Ich erinnerte mich, daß Jo an jenem schicksalhaften Morgen, als wir von Mona Aspens Ermordung erfuhren, genauso eine Schürze getragen hatte. Nur hatte ich das Ding bei Jos zwergenhaftem Wuchs für die Schürze eines Hufschmieds gehalten.

»Kann ich Ihnen helfen, Miß?«

»Ich suche Anthony Basillio.«

»Er ist nicht da.«

»Kann ich auf ihn warten?«

»Um Ihnen die Wahrheit zu sagen, Miß, nein. Mr. Basillio ist den ganzen Tag nicht im Hause.«

»Und wie sieht's morgen aus?« fragte ich.

»Wissen Sie, Miß, wenn Sie Mr. Basillio wirklich sprechen möchten«, sagte der Angestellte mit wachsender Verzweiflung, »müssen Sie früher kommen. Er geht jeden Tag gegen elf Uhr aus dem Geschäft und fährt zur Pferderennbahn, und dann taucht er erst am nächsten Morgen wieder auf.«

Er hielt inne, lächelte mich an und fügte hinzu: »Er kann es sich erlauben. Er ist der Boß.«

Ich bedankte mich und ging, nachdem ich für den nächsten Morgen einen neuerlichen Besuch angekündigt hatte. Der Angestellte blickte mich ausdruckslos an.

Während der nächsten vierundzwanzig Stunden kam ich mir wie ein Rennpferd vor dem Start vor – nervös und angespannt. Ohne Basillio kam ich nicht weiter, und ich *mußte* weiterkommen. Ich ging ins Kino. Ich las ein paar Szenen aus einem Stück von Jean Genet. Ich kraulte Bushy und jagte Pancho. Ich dachte an Charlie Coombs – zuerst voller Wut, dann voller Bedauern. Ich dachte an Harry Starobin – voller Trauer und beinahe kindlicher Sehnsucht. Und ich dachte an Jo – voller Mitleid und Wärme. Es war ein erschöpfender, nervenaufreibender Tag, der endlos langsam vorüberging.

Um Viertel vor neun am nächsten Morgen stand ich wieder vor dem Ladentisch des Flaggschiffs der Mutter-Courage-Kopierkette. Der Angestellte mit der Lederschürze erinnerte sich an mich, hob eine Klappe im Tresen, winkte mich durch und zeigte auf ein bestimmtes Büro in hinteren Teil des Ladens. Die Tür stand offen. An einem Schreibtisch saß ein Mann; sein Bürosessel war in Richtung Fenster gedreht. Als er meine Schritte hörte, wirbelte er herum.

»Mann Gottes, das Schwedenmädel!« Er sprang auf.

Ich lächelte und streckte die Hand aus. Anthony hatte mich immer ›Schwedenmädel‹ genannt, nachdem er herausgefunden hatte, daß ich aus Minnesota stammte, obwohl ich ihm hundertmal gesagt hatte, daß ich nicht schwedischer Abstammung sei.

Von seinem ergrauenden Haar abgesehen, hatte Tony Basillio sich überhaupt nicht verändert. Er war immer noch dünn, seine Haut unrein und sein Lächeln heimtückisch, als würde er ständig darüber nachdenken, wie er Chaos und Panik verbreiten könne.

»Weißt du, Alice«, sagte er in gespielt-ernsthaftem Tonfall, legte den Arm um meine Schultern und führte mich zu einem Sessel, »ich habe mich damals trotz deines Drängens geweigert, mit dir ins Bett zu gehen, und ich werde mich auch diesmal weigern. Also – willst du mich immer noch besuchen, oder bist du jetzt zu sehr am Boden zerstört?«

Ich lachte, bis mir die Tränen kamen. Tony Basillio verkörperte für mich eine längst vergangene, kostbare Zeit, als das Theater noch nicht als schlecht bezahlter, unsicherer Job betrachtet wurde. Damals war die Bühnenschauspielerei noch eine Art religiöse Berufung gewesen.

»Dein Name begegnet mir schon mal in den Zeitungen, Schwedenmädel, aber nicht besonders oft.«

»Nein, nicht besonders oft«, stimmte ich zu.

»Na ja, jedenfalls bist du der wahren Schauspielerei treu geblieben ... bist nie ins Showgeschäft übergewechselt«, stellte er mit einem anerkennenden Grinsen fest, denn dies galt als schlimmer Verrat an der ernsthaften Schauspielkunst.

»Ich hab's aber versucht«, erwiderte ich, und wir lachten uns krumm und schief.

»Denk immer daran, was der Meister gesagt hat«, erklärte Tony, nachdem wir uns beruhigt hatten.

»Welcher Meister?«

»Welcher Meister? Es gibt nur einen. Bert Brecht. ›Laß dich nicht in Erschöpfung und Verzweiflung locken‹, hat er gesagt ... oder so ähnlich.«

»Wie ich sehe, hast du seinen Rat befolgt.«

»Und das will ich auch so halten.«

»Hör mal, Tony, ich bin eigentlich nicht zu dir gekommen, um über Brecht oder das Theater zu reden. Ich habe hundert Anrufe gemacht, bis ich dich endlich gefunden hatte. Ich brauche deine Hilfe.«

Bei dem Wort ›Hilfe‹ wurden Basillios Augen schmal.

»Ich brauche Informationen über Pferde.«

»Pferde?« fragte er erstaunt.

»Rennpferde.«

»Möchtest du ein paar heiße Tips für's Wetten haben?«

»Nein. Information über das ... Privatleben.«

»Wessen Privatleben?«

»Das der Rennpferde.«

»Rennpferde haben kein Privatleben. Sie rennen, und dann sterben sie.«

»Bei Cup of Tea war es anders. Er hat ein besonderes Leben geführt.«

»Cup of Tea war auch etwas Besonderes.«

»Ich schreibe an einem Buch über Cup of Tea.« Ich mußte ihm diese Lügengeschichte auftischen; anders wußte ich mir nicht zu helfen. »Und dazu brauche ich Informationen über seine Zeitgenossen. Keine Wettquoten oder so etwas. Persönliche Dinge. Ich habe vor ein paar Tagen mit einem Trainer namens Charlie Coombs Schluß gemacht, und ...«

»Coombs? Den kenne ich. Hat er dich auf die Idee mit diesem Buch gebracht?« unterbrach Basillio mich.

»Genau«, packte ich die Gelegenheit beim Schopf. »Und jetzt, wo Charlie aus meinen Leben verschwunden ist, brauche ich jemand anderen, der etwas von Pferden versteht.«

»Ich glaube, da solltest du lieber mit einem anderen Trainer ins Bett hüpfen, Alice. Um ehrlich zu sein, die Trainer sind die einzigen, die wirklich über die Abstammung, den Charakter, den Körperbau, die Leistungsfähigkeit und die aktuelle Form der Pferde Bescheid wissen. Was ich weiß, schnappe ich von anderen Wettern auf. Irgendwelches Gerede ... Gerüchte, die stimmen können oder auch nicht. Ob ein bestimmtes Pferd volles Tempo gehen kann, wenn es heißer als dreißig Grad im Schatten ist, oder ob der Gaul Bier im Futter mag, oder ob er verrückt spielt, wenn er keinen weiblichen Jockey im Sattel hat. Blödsinn, was?«

»Aber nein, Tony! Genau für solche Dinge interessiere ich mich«, sagte ich und log ausnahmsweise einmal nicht.

Tony ließ sich in den Sessel hinter seinem Schreibtisch fallen. »Jetzt hör mir mal zu, Alice«, sagte er ungewohnt ernst. »Wenn es eine Frau auf Erden gibt, für die ich mit Freuden meine Gattin, meine Kinder und meine Kopierläden verwettet hätte, damit sie sich *niemals* auf Pferdewetten einläßt, dann bist du das. Für so etwas hattest du immer schon ... zu viel Klasse, zu viel Eleganz. Es sei denn, du hättest einen schwerreichen Liebhaber, der seinen eigenen Rennstall besitzt. Ja, das würde zu dir passen.«

So langsam hörte er sich wie mein Exmann an.

»Weißt du, Tony«, sagte ich, »ich mache das nicht ganz freiwillig. Das Buch ist sozusagen eine Schuld, die ich begleichen muß.«

»Bei Buchmachern?«

»Nein, bei Toten.«

»Bei Toten?« wiederholte er leise.

»Ich brauche alle Informationen über Lord Kelvin und Ask Me No Questions, die ich bekommen kann.«

»Den ersten Gaul kannst du vergessen.«

»Lord Kelvin? Warum?«

»Er ist tot. Lord Kelvin wurde vor etwa einem Jahr in Pennsylvania bei einem mysteriösen Unfall mit dem Pferdetransporter getötet. Ich weiß es von einem Kerl, den ich auf der Rennbahn getroffen habe. Der Bursche hat mir gesagt, er hätte in einer Zeitung, die in Philadelphia erscheint, einen kleinen Artikel darüber gelesen. Er hat es mir nur erzählt, weil wir beide mit unseren Wetten auf Lord Kelvin eine hübsche Summe kassiert haben.«

Warum hat Charlie mir nichts von dem Unfall gesagt, als ich ihn nach Lord Kelvin gefragt habe? ging es mir durch den Kopf. Konnte es sein, daß er nichts davon wußte?

»Bliebe das andere Pferd. Ask Me No Questions«, sagte ich.

»Ich habe sie mal laufen sehen«, erwiderte Anthony. »Hör mal, gib mir ein paar Tage Zeit.«

Ich kritzelte meine Telefonnummer auf Tonys Schreibblock. Dabei mußte ich daran denken, daß ich das gleiche bei Charlie getan hatte, als wir uns das erste Mal begegnet waren. »Danke«, sagte ich und stand auf.

»Moment noch, Alice«, rief er mit einem Hauch von Panik in der Stimme.

Ich drehte mich zu ihm um.

»Hast du nicht vergessen, mir zu sagen, wie traurig es um mich bestellt ist? Eine Mutter-Courage-Kopierkette statt der Mutter-Courage-Bühnenbilder? Willst du mir nicht sagen, wie jämmerlich sich alles entwikkelt hat?«

»Nein«, antwortete ich und fuhr nach kurzem Schweigen fort: »In unserer Stammkneipe, die wir nach dem Seminar immer besucht haben, hast du mir einmal gesagt, das Glücksspiel sei deine einzige wahre Leidenschaft.«

»Das war gelogen«, erwiderte er.

Ich wollte gehen. Ich wußte nicht, was ich sagen sollte.

Basillio bemerkte mein Unbehagen. »Kannst du dich erinnern«, fragte er, »wie ich meine Katze, Fats, das erste Mal in einer Einkaufstüte mit ins Seminar genommen habe?«

Wir lachten beide so laut, daß die Kunden vorn im Laden aufmerksam wurden und sich umdrehten, um uns über den Tresen hinweg zu beobachten.

Eine Viertelstunde später ging ich zufrieden nach Hause. Ich hatte Basillio das Versprechen abgerungen, mich anzurufen und mir die gewünschten Informationen zu geben.

Der Anruf kam zwei Tage später. »Ich gehe jetzt zur Rennbahn«, sagte Basillio, »aber wir treffen uns um zwanzig Uhr vor dem Plaza-Hotel, okay? Dann gehen wir in mein Lieblingslokal.«

»Lieblingslokal?« fragte ich.

»Die Oyster-Bar.«

So stand ich dann um Viertel vor acht vor dem Plaza-Hotel, leger in Jeans und Pullover gekleidet. Basillio kam eine halbe Stunde zu spät – außer Atem, mit gerötetem Gesicht. Er begrüßte mich kurz, nahm mich beim Arm, führte mich die Treppe des Hotels hinauf, durch die Eingangshalle und schließlich durch den Hintereingang in die Oyster-Bar. Ein Ober nahm uns in Empfang und führte uns zu einem der Tische.

Als wir Platz genommen hatte, sah ich, daß Basillio schon einige Drinks intus hatte.

»Wie ist es auf der Rennbahn gelaufen?«

»Habe schwer verloren.«

»Wie gewonnen, so zerronnen«, sagte ich mit leisem Vorwurf, obwohl es mich nichts anging, ob er sein Geld zum Fenster hinauswarf oder nicht.

Basillio lächelte mich an. Er bestellte Muscheln, Cognac und Bier. »Tja, also«, sagte er, nachdem der Ober die Bestellung aufgenommen hatte, »was ich herausgefunden habe, weißt du vermutlich schon.«

»Erzähl es mir trotzdem.«

»Ask Me No Questions war eine große graue Stute. Spezialistin für kurze Strecken. Von der Abstammung her war sie nichts Besonderes, aber als Galopper war sie große Klasse und hat viele bedeutende Rennen gewonnen.«

»Genau wie Cup of Tea«, erwiderte ich und mußte daran denken, daß Charlie Coombs gesagt hatte, zwischen den beiden Pferden gäbe es überhaupt keine Gemeinsamkeiten.

»Na ja«, sagte Anthony ausweichend, »so *ähnlich* wie Cup of Tea.« Er blickte auf die beiden Teller Muscheln und die Beilagen. Dann begann er gemächlich, die Muscheln vorzubereiten – mit Zitrone, Meerrettich und ein wenig Sauce.

»Noch kein Pferd ist wie aus dem Nichts so weit nach oben gekommen wie Cup of Tea. Er war auf Schlammpisten in der finstersten Provinz gelaufen, ohne einen Blumentopf zu gewinnen. Kaum sah er zum ersten Mal eine Grasbahn, lief er wie ein Weltmeister und rannte die Konkurrenz in Grund und Boden. Er wurde Champion und später der teuerste Deckhengst der Welt. Ask Me No Questions hat nicht so tief unten angefangen, ist aber auch nie so weit nach oben gekommen. Sie hat zwar hochdotierte Rennen gewonnen, aber nie die Arlington Million, zum Beispiel.«

»Aber irgend etwas ist auch mit der Stute geschehen, stimmt's? Ich meine, eine Art *Verwandlung*, nicht wahr?«

»Das kann man wohl sagen. Da muß irgendwas Unglaubliches geschehen sein. Ask Me No Questions hat in den ersten zwölf Rennen ihrer Laufbahn keinen Cent gewonnen. Dann hat man sie zurück auf die Pferdefarm geschickt. Als Vierjährige ging sie wieder an den Start, verlor weitere sechs Rennen, und wieder ging's zurück auf eine Pferdefarm, diesmal mit einer Verletzung. Vier Monate später geht die Stute wieder an den Start und gewinnt ihr erstes Rennen – gleich mit zehn Längen Vorsprung. Als krasse Außenseiterin, mit einer Quote von fünfundsechzig zu eins. Wenn also jemand zehn Dollar auf sie gesetzt hatte, hat er sechshundertfünfzig kassiert – für jede gewettete Summe das Fünfundsechzigfache! Und sie siegte immer weiter.«

Ich lehnte mich zurück. Ganz plötzlich fühlte ich mich erschöpft; denn nun hatte ich einen ersten, festen Bestandteil des Puzzles. »Danke, Tony«, sagte ich.

Er grinste mich an und schob meinen Teller Muscheln zu mir herüber. Die eine, die ich aß, war kalt, sauer, köstlich.

»Möchtest du sie mal sehen?« fragte er.

»Ask Me No Questions? Geht das denn?« Ich hätte nie damit gerechnet, Zugang zu einem so berühmten Rennpferd zu bekommen.

Triumphierend zog Anthony ein kleines Blatt Papier aus der Jackentasche, faltete es auseinander und schob es mir es mir über den Tisch hinweg zu, wie vorher den Teller Muscheln. Ich las: ›Gestüt James Norris, Far Hills, New Jersey.‹

»Nach Ende ihrer Rennkarriere wollten die Besitzer von Ask Me No Questions sie als Zuchtstute einsetzen. Aber irgend etwas stimmte nicht mit ihr. Zuerst wurde sie nicht trächtig, und als es endlich klappte, brachte sie kein einziges lebendes Fohlen zur Welt. Schließlich haben die Besitzer sie an dieses Gestüt in Far Hills verkauft. Dort wollte man sie zu einem Springpferd ausbilden. Zu einem dieser Show-Pferde, die über ein zwei Meter hohes Hindernis springen müssen, wobei der Sieger zehntausend Dollar bekommt. Das Geld stammt von irgendwelchen Sponsoren. Soviel ich weiß, springt sie inzwischen auf solchen Shows.«

»Danke, Tony. Jetzt weiß ich endlich, was ich wissen muß«, sagte ich.

»Du brauchst dich nicht ständig bei mir zu bedanken, Alice. Schließlich bin ich kein glücklich verheirateter Mann, und du bist drauf und dran, den letzten Rest meiner Libido zu vereinnahmen. Übrigens glaube ich dir kein Wort von dem Unsinn über das Buch, das du über Cup of Tea schreiben willst.«

Statt ihm darauf zu antworten, fragte ich: »Hat jemand dir gegenüber mal den Namen Ginger Mauch erwähnt? Sie ist eine ehemalige Trainingsreiterin.«

»Hat sie auch Cup of Tea trainiert?«

»Ja.«

»Ginger Mauch … nein, den Namen habe ich noch nie gehört. Aber das ist kein Wunder. Niemand redet über einen Trainingsreiter. Es sei denn, er schafft es bis zum Jockey. War diese Ginger Jockey?«

»Nein«, sagte ich, aß eine weitere Muschel und mußte daran denken, daß Dr. Johnson seine Katzen stets mit Austern gefüttert hatte. Ganz schön teure Katzen. Armer Bushy. Armer Pancho. Frauchen war nur Catsitterin, angehende Nebendarstellerin in *Romeo und Julia* und Autorin eines Buches, das nie erscheinen würde.

Anthony begann einen Monolog darüber, daß und aus welchem Grunde eine Pferderennbahn Brechts Vorstellungen vom Theater am nächsten käme. Offensichtlich stieg ihm der Cognac zu Kopf.

»Wie komme ich nach Far Hills?« fragte ich, als er endlich eine Pause einlegte.

»Mit dem Wagen. Du mußt über die George-Washington-Brücke und dann auf eine der Schnellstraßen … die 84 oder 80 oder 287 … ich kann mich nicht genau erinnern.«

»Ich werde es schon finden.«

»Weißt du, was ich glaube?« sagte Anthony und versuchte verzweifelt, die Aufmerksamkeit eines Obers auf sich zu lenken, um uns Kaffee zu bestellen.

»Was denn?«

»Ich glaube, du wirst mich um einen weiteren Gefallen bitten. Also werde ich mich anbieten, dir diesen Gefallen zu tun, bevor du danach fragen mußt. Nicht, weil ich ein so netter Kerl bin, sondern weil es mir verdammt gutgetan hat, dich wiederzusehen, und weil ich nicht will, daß noch einmal siebzehn Jahre vergehen, bis wir uns das nächste Mal treffen. Also gut, ich fahre dich nach Jersey. Keine große Sache. Ich wohne in New Jersey, in Fort Lee. Und ich bringe dich zu Ask Me No Questions.«

»Willst du das Pferd interviewen?« fragte Anthony kichernd und wies mit dem Kopf auf meinen Kassettenrecorder.

Ich nickte geistesabwesend und blickte aus dem Fenster seines Pontiac, neuestes Baujahr. Ehrlich gesagt, wußte ich selbst nicht, warum ich zu dem Gestüt fuhr, um mir das Pferd anzuschauen. Aber ich *unternahm* etwas, und nur darauf kam es bei dieser Sache an. Bis jetzt war ich immer nur mit winzigen Schritten vorangekommen.

Außerdem war Ask Me No Questions ein lebendes Wesen – etwas, das ich berühren und sehen konnte – und nicht bloß ein Bild an einer Wand oder ein Foto in einem Buch. Ja, endlich würde ich eins der drei Pferde leibhaftig zu sehen bekommen.

Anthony begann, mir Fragen über das Theater zu stellen – über alte Freunde und Kollegen. Was ist aus X geworden? Was macht Y heute?

Ich antwortete ihm, so gut ich konnte. Der Verkehr nahm ab; das ruhige Dahingleiten und das monotone Geräusch des Motors beruhigten mich. Anthony war ein guter Fahrer, schnell und sicher.

Gut eine Stunde, nachdem wir die George-Washington-Brücke überquert hatten, erreichten wir das Norris-Gestüt. Es erwies sich als riesiger Komplex. Die Führringe und Übungsplätze befanden sich teils im Freien, teils im Innern der Gebäude. Ich sah Dutzende junger Mädchen mit Reithelmen und Peitschen, die hier Unterricht nahmen. Ein steter Strom schweißdampfender Pferde wurde von den Plätzen und Führringen zu den Stallungen geführt.

»Na ja, es ist nicht gerade die Rennbahn von Belmont Park«, sagte Anthony.

Wir stellten den Wagen ab und gingen ins Hauptbüro.

Ein hochgewachsener, älterer Mann mit einer Kalbslederweste begrüßte uns. Ich tischte ihm meine Lügengeschichte auf, benutzte diesmal jedoch eine Variante und erzählte dem Mann, daß ich ein Buch über berühmte Stuten schreiben wollte, die in bedeutenden Rennen Hengste besiegt hätten. Aus diesem Grunde wollte ich mir Ask Me No Questions anschauen, der dieses Kunststück ja oft gelungen sei.

Der Mann lächelte und sagte: »Sie wird die Hengste auch beim Springreiten besiegen.«

Anthony flüsterte mir ins Ohr: »Laufend änderst du die Geschichte über dein angebliches Buch. Warum bleibst du nicht bei einer Version?«

Ich beachtete seine Bemerkung nicht; statt dessen beobachtete ich den Mann, der Karteikarten durchblätterte. »Ah, ja«, sagte er schließlich. »Sie ist zur Zeit auf Platz Nummer drei. Sie können ruhig dorthin gehen.«

Er führte uns an ein Fenster und zeigte auf einen Gehweg, der zu besagtem Platz führte.

Als Anthony und ich uns auf den Weg gemacht hatten, schaute ich in die Gesichter der Leute, die uns entgegenkamen. Ob Ginger hier war?

Als wir den Platz erreichten, sahen wir, wie ein großes graues Pferd, eine Stute, in langsamem Tempo über sehr niedrige Hindernisse geritten wurde. Die meisten nahm das Tier problemlos, doch es zögerte kurz, als es aus einer engen Kehre heraus zum nächsten Hindernis getrieben wurde. Das Mädchen im Sattel ermutigte das Pferd, lobte es mit leiser Stimme, tätschelte ihm immer wieder den Hals. Dann zügelte die Reiterin die Stute, schwang sich aus dem Sattel und führte Ask Me No Questions vom Platz.

»Was für eine wunderschöne Lady«, flüsterte Anthony voll ehrfürchtigem Staunen.

Ich konnte nichts erwidern. Auch ich war verzaubert von der Schönheit, Eleganz und Kraft der Stute. Doch ich spürte noch etwas ganz anderes: Endlich würde ich auf irgendeine Weise Kontakt mit der Asche Harry Starobins aufnehmen.

Meine Hände zitterten, als ich der Reiterin – ein pummeliges Mädchen um die Zwanzig – mein Märchen von dem Buch erzählte. Sie erbot sich, Anthony und mich in den Stall zu führen, sichtlich stolz darauf, daß jemand ein Buch über Ask Me No Questions schreiben wollte.

Als wir in den Stall gelangten, warf die Stute spielerisch den Kopf zur Seite und traf Anthony voll an der Brust.

»Jetzt zahlt sie es mir heim, daß ich sie manchmal nicht auf Sieg gewettet habe«, sagte er.

Das Mädchen nahm die Stute an der Leine, und wir machten uns auf den Weg zu dem riesigen Stallgebäude, in dem sich die Box des Pferdes befand. Als wir das Eingangstor erreichten, blieb As Me No Questions plötzlich stehen, stemmte die Hufe in den Boden und rührte sich nicht mehr von der Stelle. Das Mädchen gab ihr einen kräftigen Klaps auf den Hintern, doch die Stute wollte nicht gehorchen.

»Zum Teufel«, sagte das Mädchen, »ich habe ganz vergessen, daß sie keinen Schritt macht, bevor Marjorie nicht herausgekommen ist.«

»Wer ist Marjorie?« fragte Anthony.

Das Mädchen lachte. »Das werden Sie gleich sehen. Ah, da kommt sie ja schon.«

Als wir vor dem Stalltor warteten, lief mir der Schweiß übers Gesicht. Diese Marjorie ist Ginger, dachte ich. Du hast Ginger Mauch gefunden!

»Das ist Marjorie«, sagte das Mädchen fröhlich, und die Stute stapfte zufrieden weiter.

Vor dem Stalleingang räkelte sich gähnend eine große, wunderschöne Calico-Katze.

16

Ich hielt Bushy die Weinflasche hin, als wäre ich der Ober und er der Gast. Doch Bushy hatte kein Interesse. Ich zog rasch den Korken aus der Flasche und schenkte mir ein Glas guten Bordeaux ein – einen St. Emilion.

Diesmal sollte der Wein keine Depressionen heilen,

sondern dafür sorgen, daß sich meine Verwirrung legte. Ich setzte mich aufs Sofa, die Beine fest zusammengepreßt. Meine Suche hatte bei einer Stallkatze namens Marjorie geendet. Ginger war nicht auf dem Gestüt gewesen. Natürlich nicht. Wie war ich bloß auf diesen Gedanken gekommen? Keine Ginger, nur eine Calico-Katze. Und es war nicht die Calico, die ich auf dem Foto mit Cup of Tea gesehen hatte – bei der es sich, laut Jo, wiederum nicht um Veronica gehandelt hatte, die Stallkatze der Starobins.

Ich hatte nichts weiter als eine Calico-Katze gefunden. Einen der Spielgefährten, wie Rassepferde sie hatten.

Ich ging in die Küche, öffnete die Kühlschranktür, nahm ein Stück Käse heraus und zerbröckelte ihn über einem Reiskuchen. Pancho saß auf dem Schrank und starrte auf mich hinunter. Er liebte Käse über alles.

Ich ging zurück ins Wohnzimmer, verzehrte den Imbiß, trank den Wein und blickte dabei aus dem Fenster auf die Straße hinunter.

»Arme Ginger«, murmelte ich, stellte das Weinglas auf den Fenstersims und schüttelte den Kopf. Warum hatte ich das gesagt? In letzter Zeit ertappte ich mich des öfteren dabei, irgend etwas laut vor mich hin zu murmeln. Doch für gewöhnlich sagte ich ›armer Harry‹ oder ›arme Jo‹. Warum, in Gottes Namen, hatte ich plötzlich Mitleid mit Ginger Mauch? Ginger war der Feind. Oder nicht?

Denn plötzlich kam mir der Gedanke, daß Ginger vielleicht doch nur ein verängstigtes Mädchen war.

Vielleicht war Ginger vor den Mördern geflüchtet, bevor diese sie erwischen konnten.

Als ich am nächsten Morgen Kaffee kochte, rief ich mir das Bild einer kleinen, pummeligen, rothaarigen jungen Frau in Arbeitskleidung ins Gedächtnis – körperlich kräftig und mit hektischer, nervöser Sprechweise. Wohin konnte Ginger geflüchtet sein?

Auf eine Rennbahn bestimmt nicht. Dort ging alles zu geordnet vor sich. Jeder kannte jeden. Jockeys, Trainer, Stallpersonal – jeder trug deutlich sichtbar einen Ausweis am Revers.

War Ginger nach Long Island geflüchtet? Nein, dort kannten sie zu viele Leute.

Sie konnte tausend Meilen weit weg sein, in einem Kuhdorf im Süden oder Mittelwesten. Dann würde ich sie niemals finden. Ich mußte von der Annahme ausgehen, daß Ginger sich an einem Ort aufhielt, wo ihr Gesicht nur eines von Millionen anderer war – die perfekte Tarnung. Sie mußte hier in New York sein, vielleicht sogar in Manhattan! Hier wäre sie nur eine von ungezählten jungen Frauen auf Jobsuche ...

Doch wo konnte eine Trainingsreiterin, eine leidenschaftliche Pferdeliebhaberin, in Manhattan Arbeit bekommen?

Meine Hand mit der Kaffeetasse zitterte leicht. Plötzlich wußte ich, wo Ginger Mauch arbeitete. Natürlich, es konnte gar nicht anders sein! Sie arbeitete im letzten Reitstall, den es in Manhattan noch gab – dem Claremont an der neunundachtzigsten Straße West.

Als ich nach New York gekommen war, war ich oft an diesem Reitstall gewesen. Ich hatte lange Spaziergänge auf dem Reitweg gemacht, der durch den Central Park führt, und war den Reitern und Pferden bis zu den Ställen gefolgt. Ich hatte bestaunt, wie die erfahrenen Pferde sich vorsichtig den Weg durch die vom Verkehr verstopften, vollgeparkten Straßen suchten, sobald sie den Central Park verlassen hatten.

Ich zog mich hastig an, ohne nachzudenken. Als ich fertig war, stellte ich fest, daß ich die Sachen trug, die ich normalerweise nur dann anzog, wenn ich Schauspielschüler unterrichtete: Jeans und ein altes Sweatshirt mit dem Aufdruck EIGENTUM DER ABTEILUNG SPORT – UNIVERSITÄT VON VIRGINIA. Ich weiß bis heute nicht, wie oder wo ich an das Sweatshirt herangekommen bin – irgendwann war es einfach aufgetaucht.

Deine instinktive Bekleidungs-Auswahl ist ein gutes Omen, ging es mir durch den Kopf. Beim Schauspielunterricht versuchte man immer, die eigene natürliche Schönheit abzuschwächen; denn sie wurde als nebensächlich betrachtet. Es kam vor allem darauf an, sich tief in eine andere Person zu versetzen. Und genau das tat ich ja.

Ich versuchte, in Ginger Mauchs Rolle zu schlüpfen, mich in ihre Gedanken zu versetzen und nachzuvollziehen, was sie tat und warum. Ich war ein Bluthund ... eine Choreographin ... eine alberne, einundvierzigjährige Schauspielerin in Aktion. Ich mußte kichern. Vielleicht kennen Sie den Spruch: Beduinen schärfen ihren Blick, indem sie das Weiße in ihren Augen blau bemalen.

Ich faltete das einzige Foto zusammen, das ich von Ginger besaß – auf dem sie mit Cup of Tea und der unbekannten Calico-Katze zu sehen war –, und verstaute es sorgfältig in meiner Handtasche. Dann verließ ich die Wohnung, nachdem ich meine Katzen davor gewarnt hatte, irgendwelche Dummheiten anzustellen. Ich nahm den Bus von der Third Avenue zur Seventhninth Street und ging dann in westlicher Richtung durch den Central Park.

Der Reitstall hatte sich nicht verändert. Zu beiden Seiten des Eingangstores standen immer noch dieselben abbröckelnden Säulen aus Sandstein. Es gab es immer noch den kleinen Übungsplatz mit dem niedrigen Geländer, und immer noch führte dieselbe tückische Rampe vom Übungsplatz zu den Stallungen in der ersten Etage. Im Bürotrakt war es immer noch so gerammelt voll wie in einem U-Bahn-Waggon, obwohl früher Vormittag war. Es wimmelte von Kindern, Eltern, Reitlehrern und anderem Personal.

Schließlich nahm ich einen Mann ins Visier, der die verwaltungsmäßigen Verantwortlichkeiten auf den Schultern zu tragen schien. Ich tischte ihm die alte Version meiner Lügengeschichte auf: daß ich ein Buch über das berühmte Rennpferd Cup of Tea schreiben wolle, und mir sei zu Ohren gekommen, daß eine seiner ehemaligen Trainingsreiterinnen seit einiger Zeit hier arbeite.

Der Mann, der eine Pfeife um den Hals trug und die Enden seiner Jeans in seine Reitstiefel gestopft hatte, verschränkte die Arme vor der Brust und blickte mich ungeduldig an, als wäre ich eine Vertreterin, die ihm einen langen Vortrag über die Vorzüge ihrer Produkte halten wollte. »Das ist mir neu«, sagte er mit einem schweren ausländischen Akzent, den ich nicht einordnen konnte.

»Sie heißt Ginger Mauch.«

»Hier arbeitet keine Ginger Mauch.«

»Vielleicht als Stallmädchen.«

»Hier arbeitet keine Ginger Mauch, weder als Stallmädchen noch als Ausbildungsreiterin.«

Ich nahm das Foto aus der Handtasche und hielt es ihm unter die Nase, wobei ich andeutete – aber nicht offen aussprach –, daß Ginger vielleicht unter einem anderen Namen für den Reitstall arbeitete. Es war zu dunkel hinter dem Schreibtisch des Mannes, als daß er das Foto deutlich hätte sehen können. Wütend schnappte er sich das Bild, stand auf und schlurfte zur Tür. Ich folgte ihm.

Er starrte auf das Foto; dann reichte er es mir zurück. »Nein«, sagte er. »Diese Frau habe ich noch nie gesehen, und ich arbeite seit gut neun Jahren hier.«

Als ich den Reitstall verließ, war ich so bitter enttäuscht, daß meine Unterlippe wie bei einem Kind zu zittern begann. Ich war so sicher gewesen, Ginger anzutreffen!

Ich schlenderte zum Broadway, ging in ein Café und ließ mich auf eine Sitzbank in einer Nische fallen. Ich bestellte eine Tasse Tee und einen Kokos-Vanille-Kuchen.

Alles, was mit dem Mord an Harry Starobin zusammenhing, rückte in weite Ferne ... das alles schien vor fünfzig Jahren passiert zu sein. Ich wollte die Geschichte noch weiter von mir wegstoßen ... wollte sie endlich loswerden ... wollte ans Meer fahren ... in die Berge ... irgendwohin. Ich wollte raus aus diesem Labyrinth, das mich bisher nur von einem Rätsel zum nächsten geführt hatte.

»Arme Alice«, verspottete ich mich selbst. »Du bist zu alt, um dich noch richtig in eine Rolle hineinversetzen zu können.«

Langsam und bedächtig aß ich den Kuchen, entschlossen, mir ein bißchen Energie zu verschaffen. Ich trank den Tee und verließ das Café, als der mittägliche

Gästeansturm einsetzte. Ich überlegte kurz, ob ich mir ein Taxi nehmen sollte, beschloß dann aber, zu Fuß zu gehen.

Ich schlenderte zurück in den Central Park und ging in Richtung Innenstadt. Es war ein herrlicher Frühlingstag, den viele Leute zum Spazierengehen, Joggen oder Radfahren nutzten. Selbst die Pennbrüder, die in Gruppen unter den Bäumen kauerten, machten einen weniger verzweifelten, weniger aggressiven Eindruck als üblich.

Als ich zur Tavern on the Green gelangte, blieb ich stehen und schaute angespannt und voller Unbehagen zum Eingang. Jahre zuvor war ich mit meinem Exmann mal zum Brunch in diesem Restaurant gewesen, an einem Sonntagvormittag. Unsere Ehe hatte sich bereits im letzten Stadium der Auflösung befunden, und der Brunch war eine unerquickliche Angelegenheit geworden. Unser Gespräch war voller Bitterkeit gewesen und hatte sich um die absurdesten Dinge gedreht, nur nicht um unsere Ehe.

Er: Ich hatte meinen Kaffee schwarz bestellt, und was bekomme ich? Muckefuck.

Ich: Ruf den Ober.

Er: Ruf du den Ober. Der Kerl lächelt dich an wie ein Schmalzkanten.

Ich: Bist du eifersüchtig?

Er: Von mir aus kann der Kerl dich vernaschen. Hauptsache, ich kriege meinen Kaffee schwarz.

Ich fragte mich, warum ich so oft an diesen verrückten Dialog denken mußte – Wort für Wort, Nuance für Nuance.

Am Columbus Circle verließ ich den Park und wandte mich nach Osten, Richtung Central Park Süd.

Ich sah die lange Reihe der Pferdedroschken, die an ihren gewohnten Plätzen standen und auf Touristen warteten. Die Fahrer saßen in ihren Phantasiekostümen auf den Kutschböcken und boten den Passanten lautstark ihre Dienste an.

Ich hielt mich von den Droschken fern. Vorerst hatte ich genug von Pferden.

Das Plaza-Hotel kam in Sicht. Dort hatte ich in der Oyster-Bar mit Anthony Basillio die Muscheln gegessen. Tony hatte sich als guter Freund erwiesen.

Als ich vor einer Fußgängerampel stehenblieb, hörte ich neben mir plötzlich wildes Gebell. Eine Frau hielt einen Dalmatiner, der wie verrückt an der Leine zerrte und ein großes weißes Kutschpferd anbellte, das vor eine Droschke gespannt war, die am Bordstein stand. Das Pferd hatte sein Maul in einem Futterbeutel vergraben.

Die Frau, die den Hund hielt, rief der Kutscherin Beschimpfungen zu. Diese lächelte nur und nickte hämisch. Das Pferd ließ sich von dem Spektakel nicht im geringsten beeindrucken.

Als die Fußgängerampel auf Grün umsprang, rührte ich mich nicht vom Fleck.

Denn das Herz schlug mir plötzlich bis zum Hals. Meine Hand krampfte sich um den Trageriemen meiner Schultertasche. Mir wurden die Knie weich.

Die Stadt wurde totenstill, eingefroren in Zeit und Raum.

Die Kutscherin der Droschke mit dem großen weißen Pferd war Ginger Mauch.

17

Die Zeiger der Uhr am dünnen Handgelenk des Kellners standen auf halb drei nachmittags. Es schien eine sehr alte Uhr zu sein. Vielleicht hatte sie mal seinem Großvater gehört. Vielleicht war er arbeitsloser Schauspieler, der von einer Milchfarm aus Minnesota nach New York gekommen war, und die Uhr war das einzige Erinnerungsstück, das ihm vom Leben auf dem Lande geblieben war. Aber wie konnte eine Uhr ein Erinnerungsstück an ein Leben auf dem Lande sein? Was für ein dummer Gedanke.

Ich saß seit mehr als einer Stunde vor einem Straßencafé an der Ecke Sixth Avenue und Central Park Süd. Die Droschke mit dem großen weißen Pferd hatte ich nicht aus den Augen gelassen.

Das Gefährt bewegte sich langsam, aber unaufhaltsam nach Westen, in meine Richtung; denn jedesmal, wenn eine Droschke gemietet wurde, rückten die anderen nach – wie eine Kette von Taxis vor einem Bahnhof.

Vor mir stand eine Bloody Mary, die ich noch nicht angerührt hatte. Der Kellner war ein lästiger Kerl. Andauernd fragte er mich, ob er noch irgend etwas für mich tun könne. Das Geschäft ging schleppend. Es war noch ein bißchen zu früh im Jahr, um ein Straßencafé zu besuchen.

Ich hatte keine Zweifel: Die Fahrerin der Droschke mit dem großen weißen Pferd war Ginger Mauch. Sie trug das Haar jetzt kurz geschnitten und braun gefärbt. Aber sie war es. Ich hatte sie bisher dreimal gesehen, wenn auch immer nur ganz kurz: Als ich an dem schrecklichen Mordtag mit dem Taxi zum Anwesen der Starobins gefahren war; dann, als die Polizei uns vernommen hatte, und schließlich am Abend desselben Tages, als ich Ginger weinend hinter der Hütte entdeckt hatte.

Nein, ich irrte mich nicht. Ich hatte sie gefunden. Die Frau auf dem Kutschbock war Ginger Mauch.

Rückblickend kam mir plötzlich alles ganz logisch vor. Ginger hatte sich um die alten Kutschpferde der Starobins gekümmert. Insofern lag es auf der Hand, daß sie hier in Manhattan eine Stelle angenommen hatte, bei der sie ebenfalls mit Kutschpferden zu tun hatte.

Je länger ich vor dem Café saß, desto verängstigter wurde ich. Ich hatte keine Furcht vor Ginger; es war irgend etwas anderes. Es hatte mit meiner Angst zu tun, daß mich sogar das Auffinden von Ginger Mauch in eine weitere Sackgasse führen könnte ... vor eine Wand ... zu dem verflixten Foto einer Calico-Katze.

Wieder rückte Gingers Droschke einen Platz vor. Mir wurde klar, daß ich nicht mehr lange zögern durfte. Ich legte einen Zehndollarschein auf den Tisch – auf eine Art und Weise, die dem aufdringlichen Kellner zeigte, daß er den Rest als Trinkgeld betrachten durfte. Der Anblick des Geldscheins schien den Kerl zu beruhigen; er trieb sich nicht mehr dauernd in der Nähe meines Tisches herum.

Was würde geschehen, wenn ich zu lange wartete und jemand anders die Droschke mietete? Der Gedanke versetzte mich in Panik.

Hastig verließ ich den Tisch, ging bis zur Straßenecke, blieb an einem Fußgängerüberweg stehen und wartete, bis die Ampel auf Grün umsprang.

Dann überquerte ich die Straße, ging zu den Droschken hinüber und wartete, das Gesicht zur anderen Seite gewandt. Was jetzt? fragte ich mich.

Dann wurde mir klar, daß Ginger mich in meinem legeren Aufzug bestimmt nicht erkennen würde.

Ich hatte mir die Kleidung instinktiv, rein zufällig ausgesucht – so zufällig, wie ich Ginger entdeckt hatte: Hätte der Dalmatiner nicht das Kutschpferd angebellt, wäre ich niemals auf das Mädchen aufmerksam geworden. Der Versuch, mich in ›Gingers Rolle zu versetzen‹, hatte mich keinen Schritt weitergebracht. Ich hatte alles nur dem Zufall zu verdanken – und einem Hund, der aus unerfindlichen Gründen ein Droschkenpferd angebellt hatte.

Riskier es, sagte ich mir.

Ich gab mir einen Ruck und drehte mich um, ging zehn Schritte, erreichte Gingers Droschke und wollte einsteigen.

Wie eingefroren verharrte ich vor dem Trittbrett. Ginger hatte sich noch nicht zu mir umgedreht, doch ich hatte plötzlich die Befürchtung, überstürzt zu handeln und alles zu verderben.

Rasch ging ich weiter. Fünf Schritte. Zehn Schritte. Dann blieb ich stehen. Nein, sagte ich mir. Steig nicht in die Droschke. Nicht jetzt. Es ist ein Fehler. Es ist kindisch. Denn was sollte ich tun, wenn ich in der Droschke saß? Was sollte ich Ginger sagen? Wohin sollte ich mich fahren lassen? Was war, wenn ich mich geirrt hatte? Vielleicht war Ginger gar kein Opfer. Vielleicht war sie nicht die Gejagte, sondern die Jägerin.

Ich brauchte nicht die Konfrontation, sondern Informationen. Wo Ginger wohnte, zum Beispiel. Mit wem sie verkehrte.

Ich entfernte mich weiter von der Droschke und ging bis zu der niedrigen Mauer, die sich zwischen dem Park und dem Bürgersteig befand. Dort blieb ich stehen. Drehte mich um. Sah, wie ein älteres Paar in die Droschke stieg. Ginger fuhr los. Sehr gut! dachte ich. Sie würde schon bald zurückkommen und sich ans Ende der Schlange stellen.

Ich lehnte mich gegen die Mauer und wartete. Von meinem Standort aus konnte ich schemenhaft den aufdringlichen Kellner in dem Straßencafé sehen, das ich vorhin verlassen hatte.

Zehn Minuten. Zwanzig Minuten. Keine Spur von Ginger. Eine halbe Stunde. Eine Stunde. Dann streckte das große weiße Pferd seine Nase aus dem Park und kam gemächlich in meine Richtung getrottet. Ungefähr zehn Meter von mir entfernt blieb Ginger stehen und half dem älteren Paar, das offenbar eine Rundfahrt gemacht hatte, aus der Droschke.

Dann stieg sie wieder auf den Bock und ruckte an den Zügeln. Das Pferd trottete los. Doch Ginger lenkte die Droschke nicht ans Ende der Schlange, wie ich es erwartet hatte, sondern fuhr daran vorbei nach Westen, in Richtung Central Park Süd.

Ginger fuhr zurück zum Stall; da war ich sicher. Offenbar hatte sie ihr Tagespensum absolviert. Ich ging los, stets darauf bedacht, die langsam dahinrollende Droschke nicht aus den Augen zu verlieren. Schließlich bog Ginger nach Süden auf den Broadway ab; dann wieder nach Westen, in Richtung Fifty-fifth Street, und schließlich nach Süden in die Eleventh Street, wo sie vor einem langen, niedrigen, heruntergekommenen Stallgebäude hielt, auf dessen Hof Dutzende alter, ausgedienter Droschken standen. Ginger stieg vom Bock und führte das Pferd samt Droschke auf den Hof. Ich beobachtete, wie sie das Pferd ausspannte und in den Stall führte. Dann zog ich mich rasch bis zur nächsten Straßenecke zurück. Dort wartete ich vor einem Taxistand und behielt das Eingangstor zum Stallgelände im Auge.

Nach vierzig Minuten kam Ginger zum Vorschein und ging mit eiligen Schritten zu einem großen, schäbigen Mietshaus an der Forty-ninth Street.

Ich stieg die Treppe zur Tür hinauf und gelangte in einen schmuddeligen, winzigen Eingangsraum. An einer Wand sah ich sechzehn Druckknöpfe aus Plastik; unter jedem Knopf befand sich ein Namensschild. Doch eine Ginger Mauch konnte ich nirgends entdekken. Welchen Namen benutzte sie? Ich wußte es nicht, aber es mußte einer der Namen auf den drei neueren Schildern sein. Sie lauteten: L & H Martinez, Jon Swan und M. Lukas. Ich verließ den Eingangsraum und stieg die Treppe zum Bürgersteig hinunter. Gleich neben dem Haus befand sich eine kleine Bodega. Ich ging hinein, bestellte mir einen Becher schwarzen Kaffee und blickte mißmutig aus dem Fenster, während ich trank.

Worauf wartete ich eigentlich? Vorhin, an der Droschke, war ich der Begegnung mit Ginger ausgewichen, weil ich noch warten wollte. Und nun wartete ich schon wieder ... ließ mir Ausreden einfallen. Nein, ich mußte Ginger endlich gegenübertreten. Es war an der Zeit, ihr all die Fragen zu stellen, die sich in meinem Kopf angehäuft hatten: über Harry; über die verdammten Calico-Katzen; über Veronica, die Stallkatze; über Cup of Tea und Ask Me No Questions; über Gingers Leben auf den Pferderennbahnen und ihr Leben bei den Starobins; darüber, vor wem Ginger flüchtete oder hinter wem sie her war.

Warum wich ich dem Mädchen aus? Wovor hatte ich Angst? Warum fiel es mir so schwer, Ginger gegenüberzutreten? Welchen Sinn hatten alle meine Nachforschungen, wenn ich es nicht fertigbrachte? Was nützte es, Ginger aufgestöbert haben, wenn ich die Sache nicht zu Ende führte?

Der Kaffee war scheußlich – bitter, mit einem seltsamen Beigeschmack, als hätte jemand irgendeinen Sirup hineingegeben. Ich ließ den Plastikbecher in einen Mülleimer fallen. Doch ich blieb, wo ich war, und schaute aus dem Fenster auf die Straße. Ein paar Kinder in Schuluniformen standen vor der Bodega und unterhielten sich. Gedämpft konnte ich ihre Stimmen hören, doch ich verstand nicht, was sie sagten. Dann erst wurde mir klar, daß sie Spanisch sprachen. Ich lachte leise über mich selbst, meine Zögerlichkeit, meine Unschlüssigkeit. Ich bezahlte den Kaffee, verließ die Bodega, ging mit entschlossenen Schritten zum Mietshaus, stieg die Treppe hinauf, gelangte in den schmuddeligen Eingangsraum und drückte den Zeigefinger fest auf den Klingelknopf der oder des M. Lukas. Der Summer, der die innere Eingangstür öffnete, blieb stumm. Vielleicht funktionierte die Schelle nicht mehr. So, wie es hier drinnen aussah, hätte mich das nicht gewundert. Ich drückte gegen die Eingangstür – und sie schwang knarrend nach innen. Das Schloß steckte zwar noch in der Tür, war aber vollkommen verrostet. Ich fluchte leise, daß ich nicht schon beim ersten Mal versucht hatte, die Tür zu öffnen.

M. Lukas wohnte im dritten Stock. Langsam stieg ich die Treppe hinauf und überlegte, was ich sagen sollte, damit M. Lukas mich in die Wohnung ließ, falls es sich um Ginger handelte.

Ein untersetzter Mann, der die Treppe hinunterkam, grüßte mich freundlich. Dann kam eine Frau an mir vorbei. Sie sagte kein Wort. Die Wände und Decken im Treppenhaus waren schmutzig und voller Wasserflecken; Farbe und Putz blätterten ab, und die Treppenstufen knarrten beängstigend.

Als ich ins dritte Stockwerk gelangte, sah ich als erstes eine Tür mit der Aufschrift ›3 E‹. Wohnte hier M. Lukas? Die Tür war angelehnt. Als ich den Treppenabsatz erreichte und durch den Spalt einen Blick in die offenbar verlassene Wohnung warf, hatte ich das gespenstische Gefühl, das alles schon einmal erlebt zu haben. Ja, genauso war es gewesen, als Jo und ich Gingers Wohnung in Oyster Bay Village entdeckt hatten. Die Tür angelehnt. Ginger verschwunden. Ob dieses Haus einen Hinterausgang hat? fragte ich mich und verfluchte mich selbst.

Ich blieb im Türeingang stehen. »Ginger?« rief ich leise durch den Spalt. »Ginger Mauch?« Der Klang meiner eigenen Stimme kam mir fremd vor, als hätte jemand anders gerufen.

Keine Antwort.

Ich stieß die Tür auf und betrat die Wohnung. »Ginger«, rief ich noch einmal mit leiserer Stimme.

Die Wohnung war ein Studio. Es war vollkommen verwüstet. Kleidungsstücke und Bücher und Papiere lagen auf dem Boden verstreut; mehrere Gegenstände waren zerschmettert, und die winzige Küche war nur noch ein Trümmerfeld. Die ganze Wohnung roch nach irgend etwas Widerlichem, das ich nicht identifizieren konnte.

Dann sah ich, daß die Tür zum Badezimmer angelehnt war.

Mit schnellen Schritten ging ich dorthin. Unter meinen Schuhsohlen knirschten Glas- und Holzsplitter. Mit dem Fuß stieß ich die Tür auf.

Und sank auf die Knie. In der rostigen Badewanne saß Ginger Mauch. Ich konnte den roten Ansatz ihrer braun gefärbten Haare sehen. Ihr nackter Körper war blutüberströmt, und die gräßliche Wunde an ihrer durchgeschnittenen Kehle war eine gezackte weiße Straße.

Ich blieb auf dem Fußboden knien, halb im Innern des Badezimmers, halb draußen. Ich wußte, was ich tun mußte. Aufstehen. Zum Telefon gehen. Die Polizei anrufen. Doch ich war wie gelähmt.

Ich weinte um Ginger. Nicht, weil sie tot war; in diesem Zimmer kam der Tod mir irrelevant vor. Ich weinte, weil sie gelitten hatte. Weil sie Schmerzen hatte ertragen müssen. Weil irgendein brutaler Killer ihr die Kehle durchgeschnitten hatte. Ich konnte Ginger plötzlich so vor mir sehen, wie ich sie am Weihnachtstag gesehen hatte, auf der Farm der Starobins: Im kalten, klaren Licht des Morgens hatte sie vor dem Stall das alte Kutschpferd gestriegelt.

Ich hörte zu schluchzen auf. Auf allen vieren kroch ich aus dem Badezimmer, kam schwankend auf die Beine und fand mich inmitten von Gingers zerschmetterten, zerwühlten Habseligkeiten wieder. Wonach hatte ihr Mörder gesucht?

Ein ganzer Packen Bücher war von einem Regal gerissen worden und lag wie eine verrückte Pyramide auf dem Fußboden. Eines der Bücher fiel mir auf. Ich kannte es. Es war ein Exemplar jenes Buches, das ich in der Bibliothek aufgestöbert hatte und in dem ich auf das Foto von Cup of Tea und Ginger gestoßen war. Bei dem Gedanken überlief mich eine Gänsehaut. Entsetzt ließ ich den Blick durchs Zimmer schweifen. Nicht aus Angst, daß Gingers Mörder noch hier sein könnte – ich hatte Furcht, die Calico-Katze zu entdecken, die ich auf dem Foto gesehen hatte. Doch es war nichts zu sehen, nichts zu hören. Arme Ginger. Das Buch war vermutlich eine kostbare Erinnerung für sie gewesen.

Ich streckte den Arm aus und zog es zu mir heran. Dabei fiel ein Stück Pappkarton von der Größe einer Buchseite heraus. Es war am Rand mit Klebeband verstärkt und beidseitig beschriftet. Ich sah, daß es sich um eine Art Liste oder Inventarverzeichnis handelte, in einem seltsamen Code aus Zahlen und Buchstaben verfaßt, die mit roten und schwarzen Filzstiften geschrieben waren; zum Teil waren sie verschmiert und nur schwer zu entziffern.

Doch eines erkannte ich sofort. Diese Liste, oder was immer es sein mochte, stammte von Harry Starobin. Seine Handschrift hatte sich mir unauslöschlich eingeprägt, seit ich zusammen mit Jo Hunderte seiner Briefe und andere Papiere gelesen hatte.

Harry Starobin und Ginger Mauch waren an irgendeiner Verschwörung beteiligt gewesen, und ich hatte das Codebuch gefunden.

Ich wurde von seltsamen Geräuschen geweckt und blickte auf die Uhr auf dem Nachttisch. Es war ein Uhr morgens. Ich hatte fast sieben Stunden geschlafen. Hatte die Polizei an die Tür geklopft, weil die Beamten noch wichtige Fragen an mich hatten? Unsinn.

Die Polizei hatte binnen Minuten auf meinen Anruf reagiert; Gingers Leichnam war inzwischen schon eine Nummer – statistisches Material. Ihre Wohnung war fotografiert, die Gegenstände katalogisiert, die Wände und Möbel auf Fingerabdrücke untersucht.

Die eigenartigen Geräusche, die mich geweckt hatten, stammten von meinen Katzen. Sie wollten gefüttert werden. Langsam stieg ich aus dem Bett; mein Rücken und die Schultern waren steif.

Nachdem ich die Katzen gefüttert hatte, machte ich mir eine Tasse Kaffee und ging ins Wohnzimmer, wo das eigenartige Stück doppelseitig beschriebenen Pappkartons auf dem Tisch lag.

Ich setzte mich und blickte auf die rätselhaften Zahlen und Buchstaben.

Auf der einen Seite stand eine vierzehn Zeilen lange Liste:

78/TTQQCC
79/TTQCCC
80/TQQQCC
81/TQCCC
82/TC
82/QQCC
83/TTTQCC
83/TQQC
84/TQQCC
85/TQC
85/TTQC
86/QCCC
87/QCCC
88/TTTTTCC

Es lag auf der Hand, daß es sich bei den Zahlen um Jahresangaben handelte: 1978 – 1988. Jedem Jahr war nur eine Zeile zugeordnet, mit drei Ausnahmen: Die Jahre 1982, 1983 und 1985 wiesen jeweils zwei Zeilen auf.

Aber was hatten die Großbuchstaben hinter den Jahresangaben zu bedeuten – T und Q und C?

Irgend etwas *mußten* sie bedeuten. Sie mußten wichtig sein. Ginger hatte diese Liste auf ihren Reisen bei sich getragen.

Bushy kam ins Wohnzimmer und sprang aufs Sofa, ziemlich zufrieden mit seiner Mahlzeit.

Pancho kam kurz hereingestürmt, blieb stehen, starrte mich an und flitzte wieder los.

Es war kalt, und ich legte mir eine Decke über die Schultern.

Wieder besah ich mir die Eintragungen auf der Liste. Es war offensichtlich, daß Harry über einen Zeitraum von zehn Jahren hinweg etwas notiert hatte, das immer wieder passierte. Es sah aus wie eine Inventarliste ... oder eine Aufzählung ... so, als hätte jemand notiert, daß ein Apfelbaum im Jahre 1986 achtzig Äpfel hervorgebracht hatte. Oder daß eine Farm in einem bestimmten Jahr dreißig Zentner Pfirsiche, zwanzig Zentner Pflaumen und zehn Zentner Birnen produziert hatte.

Aber Früchte hatte Harry ganz bestimmt nicht gezählt.

Was dann?

Ich lehnte mich zurück, schloß die Augen und dachte an Harry Starobin. Was waren seine hervorstechendsten Merkmale gewesen? Humor. Freundlichkeit. Klugheit. Seine Vorlieben? Seine Frau. Tiere. Katzen. Pferde.

Aber er hatte nichts produziert. Seine Farm war nur mehr ein Wohnhaus gewesen. Er hatte auch keine Tiere gezüchtet. Außer …

Außer den Himalayan-Katzen? Nein, die hatte er nicht selbst gezüchtet.

Außer den Stallkatzen! Jo hatte gesagt, daß sie und Harry immer schon Stallkatzen gehabt hätten, deren Junge auf der Farm geblieben wären. Veronicas Mutter … Veronica, die mit ihren Jungen verschwunden war …

Ich blickte auf die Zeilen.

Aus welchem Grund sollte Harry irgendwelche Informationen über die Jungen seiner Stallkatzen in verschlüsselter Form notieren – über einen Zeitraum von zehn Jahren hinweg?

Und was hatten die *Buchstaben* zu bedeuten?

Natürlich! Ich schlug mir mit der Hand gegen die Stirn. T stand für Tom – eine männliche Katze. Q stand für Queen – eine weibliche Katze. Alte Namen, die heute nicht mehr benutzt wurden.

Meine Finger zitterten leicht.

Nach meiner Theorie bedeutete der Eintrag für das Jahr 1978, dem ersten Jahr auf der Liste, daß der Wurf der Stallkatze aus zwei männlichen Katzen, zwei weiblichen Katzen und …

… zwei Cs bestanden hatte.

Was, zum Teufel, sollte ich mit dem C anfangen?

Calico. C stand für Calico. Ein Schauer der Erregung lief mir über den Rücken. Ich hatte den verdammten Code geknackt.

Oder doch nicht? Falls meine Theorie richtig war, hatte es in jedem Wurf Calicos gegeben. In den meisten Jahren mehr als eine; in manchen Jahren waren sogar mehr als die Hälfte der Jungen Calicos gewesen.

Aber das war unmöglich. Im Laufe der Zeit hatte ich viel über Calico-Katzen gelesen.

Es gibt verschiedene Arten mehrfarbiger Katzen; darunter die Blaucrem, die Schildplattkatze und die seltene Calico. Was die Zucht betrifft, ist die Calico die schwierigste.

Um eine Calico zu züchten, muß man ein Männchen mit dominanter weißer Farbe mit einer weiblichen Schildplattkatze zusammenbringen. Was das Männchen betrifft, ist die Sache problematisch, denn eine Calico ist im Grunde ebenfalls eine Schildplattkatze plus der Farbe Weiß. Und Weiß ist die eigentlich dominante Farbe einer Calico.

Falls die Zucht erfolgreich ist, *kann* eine Calico zum Wurf gehören – vielleicht sogar zwei.

Doch auf lange Sicht ist die Zucht von Calicos äußerst schwierig. Die Wahrscheinlichkeit, eine weibliche Calico hervorzubringen, beträgt eins zu siebzehn.

Wieder blickte ich auf die Liste. Wie hatte Harry es geschafft, daß in jedem Wurf seiner Stallkatzen so viele Calicos auftauchten?

Ich kam nicht dahinter. Im Grunde war es ein Ding der Unmöglichkeit; es sei denn, Harry hatte eine vollkommen neue Zuchtmethode entwickelt.

Ich drehte das Stück Pappkarton um. Auf der Rückseite befanden sich Dutzende von Einträgen; bei vielen waren Zahlen und Buchstaben verblaßt.

Unter den Einträgen, die ich entziffern konnte, waren folgende Zeilen:

RS/87C
NA/83C
LBD/86C
COT/78C
LK/81C
ANQ/82C
FG/84C
GB/84C
R/79C
BB/79C

Den zweiten Teil jeder Eintragung glaubte ich nun entziffern zu können: C stand für Calico, und die Zahl für das Jahr eines Wurfes. 84C bedeutete demnach: eine Calico aus dem Wurf des Jahres 1984.

Wo aber war der Bezug zum ersten Teil der Einträge? Was bedeutete FG?

Ich konzentrierte mich besonders auf die Zeile LK/81C. Die Buchstaben LK erinnerten mich an irgend etwas; irgendwie kamen sie bekannt vor ...

Plötzlich wußte ich, daß ich den Schlüssel gefunden hatte.

LK stand für Lord Kelvin.

Folglich stand COT für Cup of Tea und ANQ für Ask Me No Questions.

Auf der Liste standen die Abkürzungen von Pferdenamen, und dahinter waren die Geburtsjahre jener Calico-Katzen verzeichnet, die das jeweilige Pferd als Stallkamerad bekommen hatte!

Es war eine Liste von Rennpferden, die *Harrys* Calicos als Stallkameraden gehabt hatten ... als Spielkameraden, als Maskottchen. Jo hatte mir vieles darüber erzählt – von Ziegen und Hunden und Vögeln, von

Schildkröten und Katzen, mit denen manche Pferde sich so sehr anfreundeten, daß einige sogar starben, wenn sie diese Stallkameraden verloren. Ich hatte ja selbst erlebt, wie Ask Me No Questions keinen Schritt mehr getan hatte, bis die Katze erschienen war.

Ich stand auf und trat ans Fenster, die Arme vor der Brust verschränkt. Ich wußte, was Harry getan hatte. Diese Ungeheuerlichkeit ... dieses Ausmaß ... diese Kühnheit und die intellektuelle Brillanz – es raubte mir den Atem. Harry hatte seine Welt in der Tat verändert. Sein Lachen wogte leise über mich hinweg. Wie sehr ich ihn vermißte!

18

Jo Starobin saß in ihrem Schaukelstuhl, eine der Himalayan-Katzen auf dem Schoß. Eine weitere Katze hockte auf Jos Schulter; die anderen saßen still in der Nähe.

Ich stand hinter der alten Frau. Wir blickten Detective Senay an, der Harrys Liste in die Höhe hielt. »Natürlich«, sagte er, »habe ich mir das hier angeschaut. Ich habe es mir sogar verdammt genau angeschaut.«

Er hielt das Stück Pappkarton auf Armeslänge von sich, als wäre es etwas Häßliches, Widerwärtiges.

Dann schaute er mich an. »Lassen Sie mich noch einmal zusammenfassen, was Sie mir erzählt haben, Mrs. Nestleton«, sagte er.

»Ich bin nicht verheiratet«, verbesserte ich ihn zum fünften oder sechsten Mal.

»Sie behaupten also«, fuhr Senay mit erhobener Stimme fort, ohne meine Bemerkung zu beachten,

»daß Harry Starobin gar nicht der nette, freundliche Mann gewesen ist, für den alle ihn hielten. Er war eine Art Zauberer, behaupten Sie. Er hatte eine neue Methode entdeckt, Calico-Katzen zu züchten. Mr. Starobin hatte eine Möglichkeit gefunden, dafür zu sorgen, daß bei einem einzigen Wurf gleich mehrere Calicos geboren wurden. Dies war ihm möglich, weil er eine besondere Art von Stallkatzen besaß. Und das ist erst der Anfang. Nicht nur Harry Starobin, auch seine Calicos waren Zauberer!«

Senay blickte mich an, verzog das Gesicht und schüttelte den Kopf. Der arme Mann.

»Wenn nun eine dieser Calicos«, fuhr er fort, »als Stallkamerad zu einem Rennpferd kam, verwandelte sich sogar ein altersschwacher, dreibeiniger Gaul früher oder später in einen Champion-Galopper.«

»Das ist Unsinn«, sagte ich. »Ich habe gesagt, daß Harrys Katzen offenbar eine spezielle Zucht gewesen sind. Die Tiere eigneten sich aus mir unbekannten Gründen besonders gut als Stallkameraden für Pferde. Was es mit solchen Stallkameraden ... oder Spielkameraden auf sich hat, habe ich Ihnen gesagt.«

»Aber ansonsten habe ich Ihre Behauptungen bisher richtig wiedergegeben?«

»Im großen und ganzen, ja.«

»Sie behaupten ferner«, fuhr Senay fort, »daß Harry damit begann, diese ... besonderen Katzen an die Trainer und Besitzer von Rennpferden zu verkaufen, und daß er damit ein Vermögen verdient hat. Aber wir wissen nicht, wo dieses Vermögen geblieben ist, stimmt's?«

Jo warf mir einen raschen Blick zu. Ich schwieg. Die alte Frau wußte, daß ich nichts von dem Geld sagen würde, das sie in der Stahlkassette in Harrys Schließfach gefunden hatte. Niemals würde ich ein Wort darüber verlieren.

Senay fuhr fort: »Nach Ihrer Behauptung ist dann folgendes geschehen: Irgend jemand hatte es auf diese besonderen Starobin-Katzen abgesehen und ermordete Harry, um sich in den Besitz der Tiere zu bringen. Sie behaupten, daß jemand dieses Haus verwüstet hat, damit die Tat wie ein Einbruchsdiebstahl aussah. Und daß ein unbekannter Täter auch Mona Aspen und Ginger Mauch ermordet hat, weil diese beiden Frauen mit Harry Starobin zusammengearbeitet hatten, was den Verkauf der Katzen anging. Mona hat Harry mit den Trainern und Besitzern der Pferde bekannt gemacht, die mit Hilfe der Katzen aus ihren drittklassigen Kleppern Champions machen wollten. Und Ginger arbeitete gewissermaßen als Handelsreisende in Sachen Starobin-Katzen.«

Er ging zum Sofa und setzte sich. Längere Zeit herrschte Schweigen im Zimmer.

Plötzlich grinste Senay. »Einer von uns beiden ist verrückt, meine Dame. Oder lassen Sie es mich behutsamer ausdrücken: Was Sie mir erzählt haben, ist sehr, sehr schwer zu glauben.«

Ich erwiderte sein Grinsen. Ich hatte nicht vor, mich provozieren zu lassen und irgend etwas Unbedachtes zu sagen.

Senay fuhr fort: »Das eigentliche Problem bei Geschichten wie dieser besteht darin, daß es schlichtweg unmöglich ist, ihren Wahrheitsgehalt zu bestätigen, wenn alles gesagt und getan ist. Wenn Feuer und Rauch sich verzogen haben und der Blick auf das Wesentliche frei wird.«

Das war der Moment, auf den ich gewartet hatte.

Ich hatte gewußt, daß Senay früher oder später den Mangel an Beweisbarkeit meiner Theorie zur Sprache bringen würde. Und mir war klar, daß ich den Detective überzeugen und für mich gewinnen mußte – sonst hatte ich keine Chance, den Fall aufzuklären.

»Man *kann* beweisen, daß Geschichten wie diese der Wahrheit entsprechen«, sagte ich mit ruhiger Stimme.

Senay wurde wütend und fuhr mich an: »Glauben Sie etwa, die Polizei stellt statistische Untersuchungen über Rennpferde an, die Calico-Katzen als Stallgefährten haben? Oder erwarten Sie, daß wir die Buchhaltung sämtlicher Pferdetrainer überprüfen, die eine Calico in ihren Ställen haben, um festzustellen, ob einer der Trainer diese Katze als Jungtier für Tausende von Dollar gekauft hat? Wen interessiert denn, ob Ihre schwachsinnige Theorie über Harry Starobins Calicos der Wahrheit entspricht oder nicht? Ich habe *Morde* zu untersuchen! Haben Sie begriffen? Morde!«

Zum ersten Mal hatte Senay seine kühle Gelassenheit verloren; die letzten Sätze schrie er mir fast ins Gesicht.

Ich reichte ihm einen kleinen, zusammengefalteten Zettel, der von einem Notizblock abgerissen war.

Senay faltete den Zettel auseinander und las: JUNGE CALICOS ZU VERKAUFEN. NEUESTER WURF. SEHR GÜNSTIGER PREIS. IDEAL FÜR STALL UND SCHEUNE. SCHREIBEN SIE AN: STAROBIN, POSTFACH 385, OLD BROOKVILLE, LONG ISLAND, NEW YORK.

»Das verstehe ich nicht«, sagte er. »Was ist das?«

»Der Text für eine Annonce«, erwiderte ich. »Ihr Einverständnis vorausgesetzt, möchte ich sie gern im

Anzeigenteil sämtlicher führender Zeitungen und Zeitschriften für Pferdezucht und Rennsport veröffentlichen.«

»Und was wollen Sie damit erreichen?«

»Der Täter, der Harry, Mona und Ginger ermordet und Veronica und deren Junge gestohlen hat, wird annehmen, daß es eine weitere Zucht von Harrys Calicos gibt. Und das wird dem oder den Mördern ganz und gar nicht gefallen. Sie werden versuchen, auch diese Tiere zu stehlen.«

»Sie wollen einen neuen Wurf Calicos züchten?«

»Ich möchte vortäuschen, daß es einen solchen Wurf bereits gibt. Aber die Täter werden den Verschlag, aus dem sie Veronica und deren Junge gestohlen haben, diesmal leer vorfinden.«

»Und wir sollen im Stall darauf warten, daß jemand auftaucht und die Katzen zu stehlen versucht?«

»Genau.«

»Und der Möchtegern-Dieb ist der Mörder?«

»Oder arbeitet im Auftrag des Mörders.«

»Ist Ihnen schon mal der Gedanke gekommen, daß Sie sich zu viele Miss-Marple-Krimis im Fernsehen angeschaut haben?«

»Nein. Mein Fernseher hat vor zwei Jahren seinen Geist aufgegeben, und ich habe ihn nicht reparieren lassen. Aber ist Ihnen, Detective Senay, schon mal der Gedanke gekommen, daß Sie nach so langer Zeit noch gar nichts über die Morde wissen? Bis auf das, was ich Ihnen heute darüber erzählt habe?«

Ich ließ meine Bemerkung auf ihn einwirken; dann fuhr ich fort: »Falls der Mörder wirklich ein Verrückter ist – und das glaube ich – und falls er Morde begeht, um Pferderennen zu gewinnen, dann wird er nicht zulassen, daß Harrys angebliche zweite Calico-Zucht unter die Leute kommt.«

Senay blickte mich an. Ich konnte erkennen, daß sein Widerstand zu schwinden begann.

»Und wie haben Sie sich die polizeilichen Maßnahmen vorgestellt?« fragte er schließlich.

»Ganz einfach«, erwiderte ich. »Stellen Sie ein paar Beamte ab, die zwischen sechs Uhr abends und sechs Uhr früh abwechselnd im Stall Posten beziehen. In Zivil, auf dem alten Heuboden.«

»Angenommen, ich mache bei diesem Unsinn mit – hätte ich Ihre Einwilligung, Mrs. Starobin?« fragte Senay. »Schließlich ist das Anwesen Ihr Eigentum.«

»Sicher«, sagte Jo.

»Also gut. Ich werde dafür sorgen«, erklärte Senay widerwillig und verließ grußlos das Haus, als hätten Jo und ich ihn schwer beleidigt.

Als wir allein waren, wies die alte Frau mit zitternder Hand auf mich und sagte: »Wie konntest du es wagen, diesem Polizisten alle diese Geschichten über Harry zu erzählen? Diesen Leuten kann man doch nicht blind vertrauen!«

»Als wir in der Bank waren, Jo, hast du mir selbst gesagt, daß Harry in irgendeine kriminelle Angelegenheit verwickelt gewesen sein muß. Und du hast mich um Hilfe gebeten, der Sache auf den Grund zu gehen.«

»Glaubst du denn wirklich, daß diese Geschichte stimmt, Alice? Daß Harry kleine Kätzchen für Unsummen verkauft hat, damit sie alte Gäule in Rennpferde verwandeln? Das wäre ein Schwindel gewesen ... und so etwas hätte Harry niemals getan. Eher hätte er eine Bank ausgeraubt, wäre er verzweifelt gewesen

… und unsere finanzielle Lage *war* verzweifelt. Aber so etwas? Nie und nimmer.«

Ich senkte die Stimme. Jos Kummer tat mir weh.

»Und wenn es gar kein Schwindel war, Jo? Was ist, wenn Harry tatsächlich ganz besondere Calico-Katzen gezüchtet hat, die ideale Stallkameraden für Rennpferde waren? Warum sind die Galopper, die auf Monas Pferdefarm waren, plötzlich einen Sieg nach dem anderen gelaufen? Vielleicht hat Harry wirklich ein züchterisches Wunder vollbracht, das wissenschaftlich nicht erklärt werden kann. Er hat tausendmal mehr über Katzen gewußt als wir. Kann sein, daß das alles nur Zufall ist, Jo, aber wenn nicht – was dann?«

Jo gab keine Antwort. Sie brach in Tränen aus. Die Himalayan-Katzen schienen Jos Kummer zu spüren und tollten verspielt um den Schaukelstuhl herum, als wollten sie die alte Frau aufmuntern.

Selbst im Frühling war es im Haus der Starobins feucht und kalt. Deshalb trugen Jo und ich dicke Schals, als wir uns an den nächsten Abenden um die Polizeibeamten kümmerten, die in zwei Sechs-Stunden-Schichten im Stall Wache hielten.

Ich war wieder in das Cottage gezogen und übernachtete dort zusammen mit Pancho und Bushy.

Zwischen Jo und mir war eine seltsame Feindschaft entstanden, als hätten wir uns auf einen vorübergehenden Waffenstillstand in einem lange währenden Krieg geeinigt.

Ich verstand selbst nicht, warum ich kaum ein Wort mit Jo redete – und sie nicht mit mir, und ich verstand nicht, warum Harry überhaupt nicht mehr erwähnt wurde.

Ich gab die Anzeige in sechs täglich und wöchentlich erscheinenden Publikationen auf; dann warteten wir alle darauf, daß der oder die mörderischen Diebe versuchten, einen Wurf Calico-Katzen zu stehlen, der gar nicht existierte.

Drei Tage, nachdem die Polizisten ihre Nachtwache begonnen hatten, brach Jo den Waffenstillstand. Sie fiel so plötzlich und mit einer solchen Wildheit über mich her, daß ich es mit der Angst bekam.

»Glaubst du, ich weiß nicht, was zwischen dir und Harry gewesen ist?«

Ich wußte nicht, was ich darauf antworten sollte. Harry und ich waren niemals Liebhaber gewesen. Er hatte mit Ginger ein Verhältnis gehabt, nicht mit mir. Und Ginger war tot. Soviel ich wußte, war auch Mona für längere Zeit Harrys heimliche Geliebte gewesen. Das konnte eine Erklärung dafür sein, daß Mona Aspen auf so verhängnisvolle Weise in diese Geschichte hineingeraten war; vielleicht hatte sie Harry aus Liebe geholfen, nicht des Geldes wegen. Und vielleicht hatte es noch mehr Frauen in Harrys Leben gegeben; aber ich gehörte nicht dazu.

Konnte es sein, daß die kluge alte Jo meine geheimen Phantasien, meine Zuneigung zu Harry gespürt hatte? Diese seltsame Leidenschaft, die ich nie jemandem anvertraut hatte?

Jedenfalls erwiderte ich nichts auf Jos Vorwurf, sondern senkte den Kopf. Jo interpretierte diese Geste offenbar als Schuldeingeständnis – und verzieh mir. Die Luft war wieder rein, die Feindschaft beendet. Jo murmelte irgend etwas vor sich hin, machte eine

Handbewegung, die besagen sollte: na, und wenn schon, und wandte sich um.

Am fünften Tag – wir hielten im Haupthaus Nachtwache –, erzählte Jo mir, daß sie mit Charlie Coombs gesprochen hatte. Er habe sich nach mir erkundigt.

»Wie geht es Charlie?« fragte ich mit ruhiger Stimme, ganz unverfänglich – nach meinem Dafürhalten der angemessene Tonfall, um über verflossene Liebhaber zu reden.

»Gut, nehme ich an. Habe ich dir schon mal von seinem Vater erzählt? Charlies Vater war ein wunderbarer Mann. Wenn eins seiner Pferde krank war, hat er immer bei dem Tier im Stall geschlafen.«

Ich lächelte und fragte mich, wie es Charlie Coombs wirklich ergehen mochte. Hatte er sich ein Paar neue rote Schuhe zugelegt? Hatte er endlich seinen Schreibtisch in seinem kleinen Büro an der Rennbahn aufgeräumt? Siegten seine Pferde? Vermißte er mich? Aber ich konnte nicht lange über diese und andere Fragen nachdenken, ohne daß wieder der alte Verdacht in mir aufkeimte – daß Charlie Coombs in diese Geschichte verwickelt war; daß er irgendwie dabei mitgemischt hatte.

Jo wechselte das Thema. »Sollen wir dem Polizisten im Stall Kaffee bringen?«

Ich zuckte mit den Achseln. »Von mir aus.«

»Das wollte ich schon, seit die Beamten sich jede Nacht in der Scheune abwechseln. Aber ich mußte immerzu an dich und Harry denken. Tja, dann werde ich mal Kaffee aufsetzen. Amos kann ihn ja in den Stall bringen.«

Ich lachte. »Amos könnte nicht mal eine *leere* Tasse in den Stall bringen.«

»Er ist ein netter Mann«, verteidigte Jo ihr altes Faktotum. »Er kann schließlich nichts dafür, daß er nicht aus dem Holz ist, aus dem man Hausmeister schnitzt. Außerdem ist er ein bißchen schusselig geworden.«

»Ein bißchen *sehr* schusselig«, sagte ich, doch in Gedanken beschäftigte ich mich mit etwas ganz anderem. Mit dem, was uns erwartete. Ich war mir ziemlich sicher, daß der Möchtegern-Dieb kein Fremder sein würde. Vielleicht war es Charlie ... vielleicht Nicholas Hill. Wer immer hier erscheinen mochte, um die vermeintlichen Kätzchen zu stehlen – ich kannte ihn; das wußte ich.

Bei diesem Gedanken verspürte ich ein tiefes Gefühl der Unzulänglichkeit. Ja, ich schämte mich beinahe, als wäre es angesichts dieser eigenartigen, unerklärlichen Verschwörung Harry Starobins mit den geheimnisvollen Katzen und den siegreichen Pferden das beste gewesen, die Anzeige gar nicht erst aufzugeben ... als wäre es das beste, wenn der Schuldige nichts unternahm und es der Zeit überließ, die Erinnerungen verlöschen zu lassen.

»Weißt du, Harry hat für sein Leben gern Pfirsiche gegessen«, sagte Jo und überraschte mich mit dieser vollkommen zusammenhanglosen Bemerkung. »Früher haben wir immer ein paar Kisten harte, unreife Pfirsiche an der Straße draußen vor der Mannigalt-Farm gekauft.«

Ich erkannte, daß Jo von einer Farm sprach, die wahrscheinlich schon vor zwanzig Jahren ihre Tore geschlossen hatte. Sie redete über ein Long Island, das es längst nicht mehr gab.

Am achten Tag, um halb elf Uhr abends, saßen Jo und ich beim Rommé. Bis jetzt waren auf meine Anzeige zwei, drei Briefe und ein paar Anrufe gekommen. Aber im Stall hatte sich niemand blicken lassen.

Plötzlich flüsterte Jo: »Warum Calicos?«

»Bitte?«

»Wenn es stimmt, was du gesagt hast, Alice ... wenn Harry wirklich getan hat, was du behauptest, warum hat er dann ausgerechnet Calicos gezüchtet?«

»Ich kann dir nicht ganz folgen, Jo.«

»Warum hat er keine Blaucreme oder Kartäuser, Rot Tabby oder Schildplatt gezüchtet? Warum kurzhaarige Stallkatzen? Warum keine Siamkatzen, Perserkatzen, Maine-Coon-Katzen, Himalayan-Katzen oder Manx-Katzen?«

Ihre Stimme wurde hysterisch, und sie wollte aufstehen.

»Beruhige dich, Jo«, sagte ich und drückte sie mit sanfter Gewalt in den Stuhl zurück. »Vielleicht hat Harry Calicos für etwas Besonderes gehalten. Vielleicht hat er sie geliebt, weil sie so schwer zu züchten sind.«

»Das hat Harry mir nie gesagt – und er hätte es mir gesagt!« Wieder wurde ihre Stimme schrill.

Ich versuchte, die Sache nüchtern zu betrachten. »Ich glaube nicht, daß Harry von der Besonderheit seiner Zucht wußte, bis Cup of Tea eine seiner Katzen zum Stallkameraden bekam. Meiner Meinung nach hat Harry anfangs nur deshalb Calicos gezüchtet, weil er zeigen wollte, daß er mehr von Katzen versteht als alle Leute, die Bücher darüber geschrieben haben. Und ich finde, das hat er bewiesen. *Wie* er seine Zuchterfolge erzielt hat, werden wir wohl nie erfahren.«

Jo seufzte und nahm ihre Karten vom Tisch. Wir spielten weiter, doch immer wieder nickte Jo, und ihre

Lippen formten Worte, als würde sie sich mit einem unsichtbaren Gesprächspartner über ein sehr wichtiges Thema unterhalten.

Plötzlich blickte sie mich an und sagte: »Asche.«

»Was meinst du damit, Jo?«

»Asche. Meine Ehe mit Harry war nur ein Haufen Asche. Das hat sich zum bösen Schluß herausgestellt, nicht wahr?«

»Er hat das alles für dich getan, Jo – des Geldes wegen, des Hauses wegen, deinetwegen. Damit du ein Auskommen hast, Jo. Du hast Harry sehr viel bedeutet.« Ich wußte nicht, weshalb ich das sagte. Ich glaubte selbst nicht daran. Falls Harry die ganze Sache nicht zum eigenen Vorteil aufgezogen hatte, dann für Ginger oder Mona, aber nicht für Jo. Doch das war eine so bittere Erkenntnis, daß ich sie nicht über die Lippen brachte.

»Alles ist aus und vorbei. Alles nur Schall und Rauch. Alles nur Asche ... wie Harrys Asche auf dem Zufahrtsweg«, sagte Jo, deren Körper plötzlich von Kälteschauern geschüttelt wurde. Ich legte ihr eine Decke um.

Allmählich wurde mir klar, daß wir eine Totenwache für Harry Starobin hielten – egal, was alles noch geschehen mochte. Der geheimnisvolle alte Mann hatte in Jos und meinem Innern unauslöschliche Spuren hinterlassen. Liebhaber, Ehemann, Wunschvater, Züchter ... Zauberer? Ein rätselhafter Mann, den keiner von uns wirklich gekannt hatte.

Ich schloß die Augen und sah, wie er sich gespenstisch aus der Asche auf dem Zufahrtsweg erhob – kraftvoll, traurig, leidenschaftlich, wißbegierig und vor allem klug. Hatte Harrys Klugheit uns so sehr in den Bann geschlagen, daß wir uns wie Ertrinkende an die Erinnerungen klammerten?

Ich wollte das Haus verlassen. Ich wollte in das Cottage, zu Bushy und Pancho. Sie fühlten sich dort drinnen nicht wohl.

»Wenn du nichts dagegen hast, gehe ich jetzt zu Bett, Jo.« Wir hatten beschlossen, vom Einbruch der Dunkelheit bis Mitternacht gemeinsam im Wohnzimmer zu bleiben; dann wollten wir die Nachtwache allein dem Polizisten überlassen, der im Stall Posten bezogen hatten.

Jo nickte. Ich verließ rasch das Haus und ging zum Cottage. Armer Pancho, armer Bushy, dachte ich. Ganz allein in diesem gespenstischen kleinen Häuschen.

Ich hatte gerade die Tür des Cottage erreicht, als ein Schrei die nächtliche Stille zerriß.

Dann hörte ich ein gedämpftes Krachen.

Entsetzt fuhr ich herum.

Ich sah, wie im Haupthaus und im Stall Lichter aufflammten.

Dann sah ich Jo. Sie lief zum Stall, so schnell sie konnte.

Ich rannte los.

Als ich den Stall erreichte, sah ich, daß der Polizist sich ängstlich ans Eingangstor gekauert hatte. Aus einer Wunde am Kopf des Mannes strömte Blut. Er hatte seine Waffe gezogen und machte einen verwirrten und entsetzten Eindruck. Jo war bei ihm und drückte ihm ein Handtuch auf die Wunde.

»Ich habe ihn erwischt!« rief der Polizist Jo zu. »Er hat mir mit seiner Taschenlampe eins verpaßt, aber ich habe ihn erwischt!«

Im Licht der Lampe über dem Stalltor konnte ich überall Blut sehen: an Kopf und Kleidung des Polizeibeamten. Am Stalltor. Auf dem Boden. Eine Blutspur führte aus dem Stall ins überwucherte Feld; die kleinen Pfützen sahen aus, als hätte jemand rote Zierdeckchen verstreut.

»Schnappen Sie sich den Kerl!« rief der Polizist mit schmerzerfüllter Stimme. »Er ist schwer verletzt! Sie müssen ihn schnappen!«

Ängstlich, Hand an Hand, gingen Jo und ich auf das Feld. Nach ein paar Schritten blieben wir stehen. Es war stockdunkel; es hatte keinen Zweck. Wie konnten wir den Verwundeten finden? Was sollten wir tun, wenn wir ihn gefunden hatten?

Wir kauerten uns eng aneinander. Wir warteten. Wir blickten zurück zur Lampe über dem Stalltor.

Die nächtliche Brise trug leise Geräusche an unsere Ohren. Irgend etwas näherte sich uns aus der Dunkelheit.

Dann hörten wir ein leises Stöhnen. Zuerst glaubten wir, es wäre das Stöhnen des verwundeten Polizisten; aber das konnte nicht sein. Der Mann war zu weit von uns entfernt.

Langsam, Schulter an Schulter, bewegten wir uns in die Richtung, aus der das Geräusch kam.

Plötzlich sahen wir irgend etwas im Gras liegen; es sah wie ein großes Kleiderbündel aus, das sich im nächtlichen Wind bewegte.

Jo stieß mit dem Fuß vor einen metallenen Gegenstand.

»Eine Taschenlampe«, flüsterte sie.

Ich hob die Lampe auf, knipste sie an und packte mit der freien Hand ängstlich Jos Rechte.

Das Kleiderbündel war der Körper eines Menschen. Er lebte noch. Vor Schmerz hatte er die Knie bis an die Brust gezogen. Ich sah einen blutüberströmten Oberschenkel.

Wir gingen näher.

Es war kein Mann. Es war eine Frau. Ich richtete den Strahl der Taschenlampe auf ihr Gesicht.

Und erstarrte vor Entsetzen.

Meine Beine konnten meinen Körper nicht mehr tragen. Neben der Frau, die sich vor Schmerzen wand, sank ich zu Boden.

Ich legte die Hand auf das Gesicht meiner alten Freundin – Carla Fried.

Plötzlich hörten wir Sirenen. Und hastige Schritte, die sich uns näherten.

Dann waren wir von Polizisten und Rettungssanitätern umgeben. Die Frau wurde auf eine Aluminiumtrage gelegt und vom Feld gebracht.

Senay half mir auf. Jo mußte sich am Arm eines uniformierten Polizeibeamten festhalten. Ich fühlte mich plötzlich zu Senay hingezogen; es war eine Zuneigung, die ich beim besten Willen nicht erklären kann.

Sehr langsam und betont sagte ich zu ihm: »Der Mann, der diese Frau geschickt hat ... der Mann, der andere geschickt hat, die Morde zu begehen ... der Mann, der nun Harrys Calico-Katze Veronica und ihre Jungen besitzt ... dieser Mann ist ein kanadischer Millionär namens Thomas Waring.«

»Waring? Den Namen habe ich schon mal gehört«, sagte Senay.

»Und nicht zu vergessen«, fügte ich hinzu, »er ist auch ein großer Gönner der schönen Künste.«

Und dann fing ich über meinen schmutzigen kleinen

Witz hysterisch zu lachen an. Doch das Lachen blieb mir in der Kehle stecken, als ich beobachtete, wie jemand Jo eine Decke umlegte und die alte Frau sehr langsam und vorsichtig vom Feld führte. Ich hatte plötzlich Angst vor dem Gedanken, daß Jo über Harrys Asche gehen mußte, um zum Haus zu gelangen.

19

»Wie geht es Mrs. Starobin?« fragte Senay.

»Gut. Es geht ihr gut.«

Ich saß auf dem Sofa. Jo hatte man ins Bett gelegt; sie war im Obergeschoß und schlief. Die ersten Strahlen der Morgensonne fielen ins Haus.

Vor dem Schaukelstuhl, in dem Detective Senay saß, stand eine große Papiertüte. Er griff hinein, nahm eine Thermoskanne Kaffee und einen Pappbecher heraus, beugte sich zu mir herüber und reichte mir beides.

Drei Himalayan-Katzen huschten heran, beschnüffelten die Papiertüte und inspizierten sie sorgfältig.

»Das hier habe ich aus eigener Tasche bezahlt«, erklärte Senay reuevoll.

Dann griff er noch einmal in die Tüte und brachte zwei Stücke Kuchen zum Vorschein. Eins davon reichte er mir.

Ich nehme an, daß es für einen Mann wie Senay keine andere Möglichkeit gab, sich für sein Verhalten mir gegenüber zu entschuldigen. Ich bedankte mich lächelnd. Ich wollte großzügig sein. Für etwas anderes war zu ich erschöpft.

Nachdem auch Senay sich einen Pappbecher Kaffee eingeschenkt hatte, saßen wir schweigend da, tranken, aßen den Kuchen, blickten uns hin und wieder an und schauten den Himalayan-Katzen zu.

Schließlich sagte Senay: »Diese Carla Fried ist also eine gute Freundin von Ihnen.«

»Eine alte Freundin«, erwiderte ich.

»Tja«, sagte er, »falls sie durchkommt – und es sieht ganz danach aus –, wird sie einen Handel mit uns abschließen. Die Frau braucht uns nur die Namen ihrer Mitverschwörer zu nennen. Sie kann Harry Starobin, Mona Aspen und Ginger Mauch nicht allein ermordet haben. Sie braucht nur auszusagen, daß dieser Kanadier, dieser Waring, im Hintergrund die Fäden gezogen hat. Ihre Freundin wird mit schätzungsweise fünf Jahren davonkommen, wenn der Rauch sich verzogen hat.«

»Was macht Sie so sicher, daß Carla diesen Handel mit Ihnen abschließt?« fragte ich.

»Ganz einfach. Tut sie es nicht, hängen wir ihr eine Klage wegen versuchten Mordes an. Schließlich hat sie den Beamten angegriffen, der im Stall Wache hielt. Nein, Ihre Freundin wird mitspielen, da bin ich ganz sicher. Sie hat gar keine andere Wahl.«

Er trank seinen Kaffee, zerknüllte den leeren Pappbecher und ließ ihn neben der Papiertüte zu Boden fallen, so daß die Katzen damit spielen konnten.

Dann setzte er sich im Schaukelstuhl auf. »Was Recht ist, muß Recht bleiben. Sie haben sehr gute Arbeit geleistet, Mrs. Nestleton.«

»Ich bin nicht verheiratet«, sagte ich zum vermutlich zwanzigsten Mal.

»Sie haben den Fall gelöst, *Miss* Nestleton.«

Ich erwiderte nichts.

Senay grinste und fügte hinzu: »Um ehrlich zu sein,

als Sie die Falle mit den Calico-Kätzchen aufstellten, habe ich Sie für vollkommen verrückt gehalten.«

»Ich hoffe, ich konnte Sie vom Gegenteil überzeugen«, erwiderte ich und schloß die Augen.

Senay hatte recht. Ich hatte den Fall gelöst. Doch Carla Fried hätte ich in meinen kühnsten Träumen nicht verdächtigt, an dieser Sache beteiligt zu sein.

Sie hatte mir Sand in die Augen gestreut. Ich war der Meinung gewesen, daß Carla mich besucht hatte, um mir die Rolle in ihrer Portobello-Inszenierung anzubieten oder weil wir alte Freundinnen waren ... doch in Wahrheit war sie nach New York gekommen, um eine ganz andere Art von Schauspiel zu inszenieren – Mord und Diebstahl für ihren Gönner.

Ich hatte damals geglaubt, Carla hätte New York nach ihrem Besuch sofort wieder verlassen. Aber sie hatte sich vermutlich die ganze Zeit in der Stadt aufgehalten, hatte mich beobachtet und dafür gesorgt, daß alles nach Plan verlief, hatte ihre Mitverschwörer ständig auf dem laufenden gehalten – auch darüber, wann der richtige Zeitpunkt gekommen war, um ihre gute alte Freundin Alice, die sich allmählich als zu neugierig erwies, von einem roten Lieferwagen überfahren zu lassen.

Ich konnte mir wirklich nicht erklären, warum Carla das alles getan hatte. War es ein Geschäft auf Gegenseitigkeit gewesen? Hatte Waring gesagt: Ich gebe dir anderthalb Millionen Dollar für deine Theatertruppe, wenn du dies und das für mich tust? Oder waren Carla und Waring Geliebte gewesen?

War die Aussicht, ein finanziell unabhängiges Theater leiten zu können, für Carla so verlockend gewesen, daß sie sich deshalb an drei Morden beteiligt hatte?

Wie hatte sie sich überhaupt mit einem Mann einlassen können, der so offensichtlich besessen von dem Gedanken war, um jeden Preis zu siegen – selbst beim Pferderennen?

Warum? Warum? Warum? Was hatte Carla veranlaßt, sich an einem so schändlichen Verbrechen zu beteiligen? Liebe? Leidenschaft? Ehrgeiz? Die Aussicht auf künstlerische Freiheit? Ein Spleen? Eine Besessenheit? Das alles zusammen?

Je länger ich darüber nachdachte, um so deutlicher erkannte ich, daß Carla Fried nur eine von vielen talentierten Frauen war, die zum Opfer ihrer Theater- und Schauspielphantastereien geworden waren ... Frauen, die der Ehrgeiz, es in der Welt des Theater zu etwas zu bringen, so sehr aus der Bahn geworfen hatte, daß sie alles tun würden, um ihr Ziel zu erreichen. Alles!

Es war eine schmerzliche Erkenntnis.

»Wissen Sie«, sagte Senay leise, »Ihre verrückte Freundin hat Harry Starobin, Mona Aspen und Ginger Mauch wahrscheinlich nicht einmal gekannt.«

Ich schlug die Augen auf. Senay hatte recht. Und das war das Häßlichste und Verabscheuungswürdigste an der ganzen Sache.

Und erst dieser Waring. Wie verdreht der Kerl sein mußte! Besessen von dem Gedanken, immer der Gewinner sein zu müssen. Dabei war der Mann Millionär. Bei seinem Vermögen hätte er die Katzen von Harry kaufen können, wie andere – Ärmere – es auch getan hatten. Aber nein – Waring mußte der *alleinige* Besitzer der Katzen sein. Er wollte sich gewissermaßen die Exklusivrechte sichern; deshalb hatte er Harry, Mona und Ginger ermorden lassen. Dieser Mann wollte das

Gefühl geheimer Macht genießen, wenn seine Vollblüter ihren Siegeszug begannen ... wobei nur er und niemand sonst den Grund für die Unbesiegbarkeit seiner Pferde kannte. Der Reichtum hatte Waring weder zu Tugend noch zu Weisheit verholfen, sondern einen mörderischen, psychopathischen Narren aus ihm gemacht.

»Vielleicht kann Ihre Freundin Katzen nicht einmal ausstehen«, sagte Senay. »Das könnte man als Ironie des Schicksals bezeichnen, nicht wahr?«

»*Meine* Katzen hat Carla gern gehabt.«

»Haben Sie auch diese schwarz, rot und weiß gefleckten Katzen?«

»Calicos? Nein.«

Ich blickte aus dem Wohnzimmerfenster des Starobin-Hauses. Amos, das alte Faktotum, kam mit langsamen Schritten den Zufahrtsweg hinauf zum Haus. Ich schauderte und griff nach den Decken auf dem Sofa. Amos ging über Harry Starobins Asche.

»Möchten Sie noch ein Stück Kuchen?« fragte Senay und schob die Hand in die Papiertüte.

»Nein, danke.«

»Wie wär's mit einem Sandwich?«

»Nein, danke.«

Senay seufzte müde, ließ sich zurück in den Stuhl sinken und begann wieder zu schaukeln.

Die Himalayan-Katzen ließen von der Papiertüte ab. Sie hatten nichts Interessantes darin gefunden.

Amos kam ins Haus, durchquerte das große Wohnzimmer, ohne uns zu grüßen, und verschwand in der Küche.

Ich sah, wie sämtliche Himalayan-Katzen zu dem alten Mann huschten. Sie hatten Hunger. Dann hörte ich, wie Amos ihnen Futter gab. Hier werden Katzen aber früh gefüttert, dachte ich; dann schlief ich auf dem Sofa ein.

20

Ich öffnete die Katzenkäfige, kaum daß ich die Tür zu meiner Wohnung hinter mir geschlossen hatte.

Bushy kam gemächlich herausgekrochen. Pancho hingegen schoß aus seinem Käfig und flitzte los, um die vielen Feinde aufzuspüren und zu identifizieren, die während seiner Abwesenheit in Manhattan und meine Wohnung einmarschiert waren – um dann panikerfüllt die Flucht vor ihnen zu ergreifen.

Ich ging in die Küche, öffnete die Kühlschranktür, nahm eine Tüte fettarme Milch heraus und schenkte mir ein Glas ein. Dann setzte ich mich an den winzigen Küchentisch. Ich fühlte mich schlapp und war zu Tode erschöpft.

Das grüne Lämpchen am Anrufbeantworter blinkte und ließ mich wissen, daß während meiner Abwesenheit Nachrichten eingegangen waren. Bestimmt von Panchos Feinden, dachte ich und ließ den Apparat unangetastet.

Ich trank die Milch. Meine Hände zitterten. Du lieber Himmel, ich war ganz schön fertig.

Um meine Nerven ein wenig zu beruhigen, nahm ich Bleistift und Schreibblock und stellte eine Liste auf:

1. Den Hut in der Bar abholen
2. Charlie Coombs ein paar nette Worte schreiben
3. Anthony Basillio anrufen und dich noch einmal bedanken

4. Saffranreis für Pancho kaufen
5. Bargeld zählen
6. Zahnpasta und das gewohnte Katzenfutter besorgen

Ich legte den Bleistift auf den Tisch. In der Wohnung roch es muffig. Ich ging aus der Küche zu den Fenstern im Wohnzimmer und zog beide so weit auf, wie es das rissige Holz des Rahmens erlaubte.

Als ich mich umdrehte, sah ich die Taschenbuchausgabe von *Romeo und Julia* auf dem Wohnzimmertisch liegen.

Arme Carla Fried. War zu allen Schandtaten bereit, um ihren Traum vom eigenen Theater verwirklichen zu können. Arme, kranke, verrückte Carla.

Ich ging zurück in die Küche, um das Glas Milch auszutrinken.

Als ich am Tisch saß, gingen mir seltsame Gedanken durch den Kopf.

Was war, wenn Carlas Theatertruppe in Montreal Warings Geld bereits bekommen hatte?

Was war, wenn die Theatertruppe dieses Geld behalten durfte, obwohl Waring und dessen Mitverschwörer des Mordes angeklagt wurden? Im Grunde genommen hatte Warings Schenkung mit der ganzen Sache ja nichts zu tun.

Was war, wenn die Aufführungen stattfanden, wie es geplant war ... ohne Carla Fried ... ohne Thomas Waring?

Was war, wenn die Truppe in Montreal immer noch eine Schauspielerin brauchte, die in einer Portobello-Inszenierung von *Romeo und Julia* die Wärterin spielte?

Ich nahm den Bleistift und setzte eine weitere Zeile unter meine Liste:

7. Mit Carlas Theatertruppe in Montreal in Verbindung setzen

Eine Rolle ist eine Rolle, sagte ich mir.

Und Portobello würde meine Interpretation der Wärterin bestimmt gefallen: als Frau mittleren Alters, deren exzentrischer Charakter die Tatsache verschleierte, daß sie Romeo genauso leidenschaftlich liebte wie Julia. Das war eine echte dramaturgische Neuerung. Ja, Portobello würde diese Idee ganz bestimmt faszinierend finden ... formbar ... ausbaufähig.

»Jetzt werde ich die Einzelheiten mal mit Bushy besprechen, bevor ich mit Portobello darüber diskutiere«, sagte ich zu dem Bleistift zwischen meinen Fingern. Dann ging ich ins Wohnzimmer, um mich zu Bushy aufs Sofa zu setzen.

AtV

Band 1080

Amy Myers
Mord auf dem Maskenball

Kriminalroman

Aus dem Englischen von Helga Schulz

Deutsche Erstveröffentlichung

287 Seiten
12,90 DM
ISBN 3-7466-1080-X

Chefkoch Auguste Didier hat beschlossen, endlich Urlaub zu machen – in Cannes, wo er zu Hause ist und wo nichts und niemand ihn zwingen kann, wieder Amateurdetektiv zu spielen. In London verfolgt Inspector Rose unterdessen eine Serie aufsehenerregender Juwelendiebstähle: Jedes der sechs gestohlenen Schmuckstücke war in einem der sagenumwobenen Fabergé-Eier aufbewahrt, die der russische Großfürst Igor seinen Ex-Geliebten zu schenken pflegte. Ein einziges dieser unendlich kostbaren Kunstwerke ist noch übrig – das siebte Fabergé-Ei, und dessen Besitzerin hält sich zur Zeit ausgerechnet in Cannes auf …

AtV

Band 1036

Sam Reaves
Ein herbstlicher Fall

Kriminalroman

Aus dem Amerikanischen von Bela Wohl

Deutsche Erstveröffentlichung

371 Seiten
15,90 DM
ISBN 3-7466-1036-2

Als Taxifahrer im Großstadtdschungel von Chicago muß Vietnam-Veteran Cooper MacLeish seine kriegserprobte Überlebensfähigkeit ständig neu unter Beweis stellen. Zufällig liest er in der Zeitung vom Tod Vivian Horstmanns, seiner Liebe aus fernen College-Tagen. Vivians vierzehnjähriger Sohn Dominic, dessen Vater er sein könnte, bleibt dabei: seine Mutter hat nicht Selbstmord begangen, sie ist ermordet worden. Die Polizei lehnt es ab, den Fall noch einmal aufzurollen. Doch auf Cooper wird geschossen, skrupellose Gangster überfallen ihn in seiner Wohnung. Dominic muß sich verstecken. Wer hatte Interesse an Vivians Tod und jagt jetzt Cooper und Dominic?